LA SPOSA RAPITA

SERIE SUI MÉNAGE DI BRIDGEWATER - 1

VANESSA VALE

Copyright © 2015 by Vanessa Vale

ISBN: 978-1-7959-4715-2

Tutti i diritti riservati. Nessuna parte di questo libro può essere riprodotta o trasmessa in qualunque forma o mezzo, elettrico, digitale o meccanico, incluso ma non limitato alla fotocopia, la registrazione, la scannerizzazione o qualunque altro mezzo di salvataggio dati o sistema di recupero senza previa autorizzazione scritta da parte dell'autore.

Vale, Vanessa
Titolo originale: Their Kidnapped Bride

Cover design: Bridger Media
Cover graphic: Deposit Photos: Bigstock- Lenor; Period Images

ISCRIVITI ALLA NEWSLETTER

Unisciti alla mailing list per essere informato per primo su nuove uscite, libri gratuiti, premi speciali e altri omaggi dell'autore.

http://vanessavaleauthor.com/v/db

CAPITOLO 1

MMA

«Potete fare di lei quel che volete. Io me ne lavo le mani.»

Quelle furono le parole che compresi per prime quando mi svegliai, la mente insolitamente annebbiata. Tutto ciò che era venuto prima era confuso, come se avessi avuto del cotone nelle orecchie. Avevo la sensazione che i miei occhi avessero dei pesi di piombo che vi premevano sopra, troppo pesanti per aprirli, e un sapore amaro mi ricopriva la lingua. La testa mi pulsava a ritmo col mio cuore. Non volevo riaffiorare dal calore sicuro del mio sonno.

«Di certo la si può dare in sposa facilmente. Un matrimonio affrettato. Il suo viso e il suo corpo sono più che attraenti per qualunque uomo.» Una donna rispose alle parole insistenti dell'uomo.

«No.» Il suo tono fu enfatico e tagliente. «Non sarà sufficiente. I miei soldi, per favore.»

La mente mi si stava schiarendo abbastanza da riconoscere quella voce. Era il mio fratellastro, Thomas. Con chi stava parlando, e perché? L'argomento era strano. Tutto era strano. Perché stavano parlando in camera mia mentre io dormivo? Era arrivato il momento di scoprire la risposta.

Muovendomi, mi sollevai dal letto per mettermi a sedere, aprendo gli occhi per poi spalancarli sorpresa. Quella non era camera mia! Le pareti non erano blu carta da zucchero, ma di un rosso sgargiante. La stanza era pacchiana e scarsamente illuminata, alle finestre erano appese delle tende di velluto dello stesso rosso intenso. Tutto era permeato di decadenza e stravaganza. Atti osceni. Mi sfregai gli occhi assonnati, assicurandomi di non stare sognando, prendendomi un momento per schiarirmi la testa.

Thomas era in piedi, a troneggiare nella sua posa eretta accanto alla porta, la mano aperta tesa in avanti, che parlava con una donna molto più bassa di lui. Lei indossava un abito di raso verde smeraldo che praticamente faceva strabordare il suo ampio decollete ed evidenziava la vita sottile. I suoi capelli neri come la pece erano raccolti in alto, in maniera creativa, all'ultimo grido con dei riccioli artistici che le scendevano sulla nuca. Era bellissima, aveva la pelle bianca come l'alabastro, le labbra tinte di rosso, gli occhi scuri grazie al kajal. Era tanto decadente quanto l'ambiente circostante.

Si mosse con grazia fino ad un'ampia scrivania, situata di fronte ad un caminetto spento, e aprì con grazia il cassetto superiore. Il suo sguardo si spostò su di me e notò che fossi sveglia, ma non vi accennò. Prelevò una mazzetta di banconote e la porse a Thomas. Era un uomo grande, robusto e imponente e sarebbe riuscito facilmente a far agitare il più forte degli uomini. Ma non quella donna. Lei non indietreggiò. Non gli rivolse un sorriso falso. Si limitò a sollevare il mento con aria altezzosa di fronte a quel pagamento.

«Thomas.» La voce mi uscì gracchiante e mi schiarii la gola. «Thomas,» ripetei. «Che sta succedendo?»

Il suo sguardo scuro si assottigliò mentre lo fissava su di me. In quelle profondità buie si scorgeva solo odio. Di solito vi era stato solamente disinteresse, quella rabbia era nuova. Suo padre aveva sposato mia madre, quando io avevo cinque anni e Thomas quindici, entrambi i nostri genitori rimasti vedovi anni prima. Quell'unione era stata più per soldi che per affetto e quando erano morti – lui per via di una caduta da cavallo e lei un anno più tardi di malattia – io ero stata affidata dalla tutela di Thomas. Per quanto lui non si fosse mai mostrato affettuoso o troppo interessato a me, io non avevo preteso nulla.

«Sei sveglia,» borbottò, la bocca contorta in una smorfia. «La dose di laudano non è stata consistente quanto mi fossi aspettato.»

Spalancai la bocca. Laudano? Non c'era da meravigliarsi che stessi facendo fatica a comprendere. «Cosa – non capisco.» Mi passai una mano tra i capelli, il mio chignon stretto aveva perso diverse forcine e avevo delle ciocche ribelli che mi sfioravano il collo. Leccandomi le labbra secche, feci passare lo sguardo tra la donna estranea e il mio Thomas.

Il mio fratellastro era un uomo attraente, in una maniera severa e conservativa. Era preciso, conciso ed esigente. Rigido sarebbe stato un termine adatto, così come severo. Il suo abito era nero, i suoi capelli scuri lisciati e luccicanti di pomata, i baffi folti, seppur rigorosamente regolati. Qualcuno diceva che ci assomigliavamo, sebbene non fossimo formalmente imparentati, i nostri occhi erano dello stesso azzurro chiaro, i capelli scuri come la notte, tuttavia i nostri volti erano molto diversi. Le emozioni di Thomas rispecchiavano il suo modo di vestire: austero e teso, un tratto che si ritrovava anche in suo padre. Io, tuttavia, ero considerata più mite, la pacificatrice della famiglia. Con i nostri genitori morti, io ero vissuta con Thomas e sua moglie, Mary, e i loro tre bambini. Come parte di una famiglia frenetica, ero sempre in grado di mantenere una qualche parvenza di spensieratezza in contrasto con la natura meno generosa di mio fratello.

Thomas sospirò, come se fosse lì a sprecare il suo tempo con una bambina ostinata. «Lei è la signora Pratt. Sto cedendo a lei la tua custodia.»

La signora Pratt non assomigliava a nessuna donna sposata che avessi mai conosciuto. Nessuna di quelle che conoscevo indossava un abito di quel colore, di un tessuto tanto lucente o con un taglio tanto ardito. La sua espressione riamase neutra, come se non avesse voluto essere coinvolta in quella conversazione.

«Non mi serve un custode, Thomas.» Mi spostai per gettare le gambe oltre il bordo della poltroncina su cui avevo dormito. Non dormito, su cui ero stata drogata. Quel pezzo di arredamento era strano in quello che immaginai fosse l'ufficio della signora Pratt. Non era una conversazione da fare sdraiata ed io mi sentivo del tutto in svantaggio. Mi raddrizzai l'abito e cercai di rassettarmi, ma non c'era molto che potessi fare senza uno specchio ed una spazzola. «Se pensi che la casa sia troppo affollata, posso sicuramente trovarmene una per me. Non sono priva di fondi.»

Nostro padre era stato il proprietario di una minera d'oro nella periferia di Virginia City e i soldi, per un po', erano entrati a fiotti. Con dei buoni investimenti, la nostra famiglia non aveva bisogno di nulla. Ogni sfarzo veniva portato via treno, perfino in un paesino tanto remoto e piccolo nel Montana. Quella fortuna aveva perfino aiutato a finanziare la posizione di Thomas nel governo locale. Il suo interesse nella politica, e un futuro a Washington, richiedevano che tali fondi venissero ben spesi.

«No. I tuoi soldi sono spariti.» Abbassò lo sguardo sulle unghie di una mano.

A quelle parole mi alzai, sconvolta. La stanza girò per un

attimo ed io afferrai la poltroncina per tenermi in piedi. I soldi erano spariti? Quel conto era abbastanza cospicuo da assicurarmi tutto ciò di cui avrei mai potuto avere bisogno. «Spariti? Come?»

Lui fece spallucce con noncuranza, posando per un brevissimo istante lo sguardo su di me. «Li ho presi io.»

«Non puoi prenderti i miei soldi.» Spalancai gli occhi, lo stomaco che si contorceva, tanto per l'amaro effetto della droga oppiacea quanto per le parole di mio fratello e il suo tono piatto.

«Posso e l'ho fatto. In quanto tuo custode, è mio diritto gestire i tuoi fondi. La banca non può fermarmi.»

«Perché?» domandai incredula. Sapeva che non gli stavo chiedendo della banca, ma del suo essersi preso la mia eredità.

La signora Pratt se ne stava in piedi ad ascoltare, le mani strette davanti alla vita. Sembrava che non avessi nessuno a sostenermi.

«Hai assistito a una cosa che non avresti dovuto vedere. Ho bisogno che tu sparisca.»

«Assis-» Chiusi la bocca, quando mi resi conto della sua insinuazione. *Avevo* visto una cosa che non avrei dovuto. L'altra mattina, io e Mary avevamo portato i bambini a scuola prima di unirci alle altre donne per discutere dei piani per il picnic estivo del paese. Uno dei bambini si era dimenticato la sacca del pranzo ed io mi ero offerta volontaria di tornare a casa a prenderla, mentre Mary proseguiva la riunione. Visto quanto fossero noiosi quegli incontri, ero stata grata di avere una tregua da quelle donne sempre in cerca di combinare incontri. All'età di ventidue anni, il fatto che non fossi sposata era diventato il loro hobby. Il loro obiettivo era vedermi maritata prima del mio prossimo compleanno. Io, d'altro canto, non avevo poi tutta questa fretta, specialmente visti gli uomini altezzosi e per nulla attraenti che venivano presi in considerazione.

Invece di trovare Cook in cucina, vi trovai Clara, la governante del piano di sopra, sdraiata sul tavolo. Aveva l'uniforme grigia arrotolata in vita, le mutande bianche di cotone che le pendevano da una caviglia mentre Allen, il segretario personale di Thomas, se ne stava in piedi tra le sue cosce aperte. Aveva i pantaloni slacciati a mostrare l'erezione, che spingeva con vigore dentro Clara. Io ero rimasta in silenzio e nascosta sulla porta, la coppia inconsapevole della mia presenza, e avevo guardato le loro azioni carnali. Sapevo che cosa succedeva tra un uomo e una donna in termini generali, ma non l'avevo mai visto in prima persona, e non avevo mai pensato a nulla del genere. Non su un tavolo da cucina!

Da quanto mi aveva detto mia madre prima di morire, si faceva di notte, al buio, con solamente il minimo indispensabile di pelle esposta. A giudicare dall'intensità e dal vigore dei movimenti di Allen, pensavo che Clara si sarebbe lamentata o avrebbe provato dolore, ma l'espressione sul suo volto, il modo in cui gettava indietro la testa e si agitava sulla superficie di legno mi facevano pensare il contrario. Lui le stava dando piacere. *Le piaceva!* Mia madre aveva detto che era una cosa da sopportare, ma Clara dimostrava che aveva detto il falso. L'espressione di estasi sul suo volto non poteva essere finta.

Avevo percepito un formicolio tra le gambe all'idea di un uomo che mi riempiva a quel modo, facendomi perdere del tutto in ciò che stavamo facendo. Quando Clara si era passata una mano sui seni coperti, mi si erano induriti i capezzoli, desiderosi di essere toccati. Non solo si stava godendo le attenzioni di Allen. A giudicare dal modo in cui inarcava la schiena e gridava, lo *adorava*. Volevo provare quello che sentiva lei. Volevo urlare di piacere. Ero eccitata all'idea di venire trattata a quel modo da un uomo. Mi ero bagnata tra le gambe in un modo che non conoscevo e avevo abbassato una mano per farmela scorrere sulla mia pelle gonfia, perfino attraverso il tessuto spesso dell'abito. Quando avevo provato una strana scossa di piacere a quel movimento, avevo ritratto la mano sorpresa e sconvolta. Se solamente il mio tocco era stato così paradisiaco, come sarebbe stato ricevere le attenzioni di un uomo virile?

Allen si era spinto dentro un altro paio di volte, poi si era irrigidito, gemendo come se si fosse ferito. Quando aveva estratto il proprio membro violaceo, lucido e bagnato dal corpo di Clara, io avevo visto non solo le sue labbra femminili, ma anche un sacco di liquido denso e bianco. Lui le aveva fatto posare i piedi sul bordo del tavolo, in una posizione esposta e vulnerabile, tuttavia alla giovane donna non sembrava importare, o perchè era troppo appagata per preoccuparsi della modestia, o perchè non ne aveva alcuna.

Mi ero leccata le labbra alla vista della sua lascivia, del suo corpo sazio e ben soddisfatto. *Io* volevo sentirmi a quel modo e volevo che un uomo mi riducesse in quello stato. Non Allen, ma un uomo che sarebbe stato mio.

Il mio desiderio era stato rapidamente smorzato quando Thomas, precedentemente nascosto, era venuto a prendere il posto di Allen tra le cosce di Clara. Chinandosi in avanti, le aveva afferrato la parte frontale del corsetto e l'aveva strappato, i bottoni che si spargevano per la stanza. Aveva abbassato la testa sui suoi capezzoli nudi e ne aveva succhiato prima uno, poi l'altro. Non avevo idea che un uomo facesse una cosa del genere.

Le sue mani si erano spostate sul bottone dei pantaloni e si era liberato il pene. Era più grande di quello di Allen, più lungo, e dalla punta fuoriusciva del liquido. Il segretario si era messo da parte, i pantaloni di nuovo al loro posto, e osservava, le braccia incrociate sul petto. Thomas si era allineato con l'apertura di Clara e aveva mosso i fianchi così da spingersi a fondo dentro il suo corpo. Lei aveva inarcato la schiena sollevandola dal tavolo quando Thomas l'aveva riempita, il suo gemito di piacere che riempiva la stanza.

Dovevo aver emesso un suono, un sussulto, un qualche rumore diverso dalla donna con cui stava fornicando, perché lui voltò la testa e mi vide che sbirciavo dalla porta. Invece di fermarsi, si spinse dentro di lei con ancora più forza, la testa della donna che si dimenava sulla superficie rigida.

«Guarda pure, non m'importa,» mi aveva detto Thomas, sogghignando, posando le mani sul tavolo per andare ancora più a fondo. «In effetti, potrebbe piacermi sapere che una verginella sta imparando qualcosa.»

Alle sue parole io ero fuggita, la sacca del pranzo dimenticata.

Era successo un paio di giorni prima e avevo a malapena visto Thomas da allora, poiché l'avevo appositamente evitato. Non sapevo cosa dirgli, né come avrei anche solo potuto guardarlo negli occhi sapendo che non solo si prendeva delle donne assieme al suo segretario, ma aveva infranto le sue promesse nuziali. Mary di certo sapeva delle sue indiscrezioni, poiché potevo solamente immaginare che non fosse stata la prima volta. Quel duo sembrava essere stato a proprio agio nell'impresa in un modo che indicava che ci fossero abituati da tempo. Io avevo subito preso le distanze anche da Clara e da Allen.

«Vedo che sai di cosa sto parlando. Non posso permettermi che tu vada a spiattellare a tutta la città ciò che hai visto. E poi, le tue tendenze voyeuristiche non sono normali per una donna della tua posizione sociale. Non posso darti legittimamente in sposa ad un mio amico con tali inclinazioni indecenti.»

CAPITOLO 2

MMA

Sibilò quelle ultime parole come se fossi stata io quella coinvolta in tali atti sessuali osceni al posto suo. Io ero accusata di inclinazioni indecenti? Era lui a mostrare un incurante disprezzo per la moglie!

«Voyeurismo? Non vi avrei guardati se avessi saputo. È successo in cucina a metà mattinata. Thomas, non avrei mai-»

Lui fendette l'aria con una mano, interrompendo le mie parole. «Non ha importanza in ogni caso. Averti tra i piedi è un rischio che non posso correre con la mia carriera. Una sola affermazione di sconvenienza e le mie possibilità di arrivare a Washington finiscono in fumo.»

«Le donne hanno delle amanti, Thomas. Nessuno si sorprenderebbe,» protestai. «Di certo Mary lo saprà.»

Lui rise freddamente. «Mary? Non mi preccupo di mia

moglie e di ciò che pensa. Lei non parlerebbe male di me. È mio diritto assicurarmene.»

Mi ritrassi al pensiero di come si assicurasse il suo silenzio. Mary era una donna mite ed io stavo cominciando a scoprirne il motivo. Non aveva ragione di protestare o di lamentarsi di un suo peccatuccio. Una moglie era alla completa mercé del marito.

«Di certo sarai preoccupato che anche Allen o Clara vadano a raccontare cose in giro.» Non ero l'unica che avrebbe potuto rivelare le sue tendenze extraconiugali.

Thomas roteò gli occhi. «Ti prego, Clara era facilmente rimpiazzabile e Allen conosce il proprio posto. È tanto motivato quanto me ad arrivare a Washington.»

Potevo solamente immaginare come avesse *rimpiazzato* Clara se passarmi nelle mani della signora Pratt era il modo in cui si occupava di un membro della sua stessa famiglia. Cominciai a torturarmi le mani. Thomas sembrava serio riguardo a quella cosa tanto quanto a tutto il resto, rimuovendo qualunque problema o ostacolo che gli si opponesse con spietata precisione. Sembrava si stesse occupando di me proprio a quel modo.

Non dovevo restare lì a sentirlo. Mi incamminai verso la porta per andarmene, ma lui sollevò una mano. «Non hai soldi, non hai agganci. Solamente i vestiti che indossi.»

Io scossi la testa dubbiosa. «È una follia, Thomas!» Agitai le mani in aria, frustrata. «Ho degli amici, una cognata, dei vicini! Ho i soldi di Papà! Posso semplicemente uscire da quella porta, incrociare qualcuno per strada che conosco e mi aiuteranno.»

«A parte la tua mancanza di soldi, non ci troviamo ad Helena.»

Le braccia mi ricaddero lungo i fianchi. Mi si contorse lo stomaco. «Cosa? Non puoi. Sono maggiorenne.»

«Vero, ma il testamento di tuo padre stabiliva che avrei

avuto io il controllo fino a quando non avessi compiuto venticinque anni o non ti fossi sposata. Dal momento che devi ancora prendere marito, posso fare ciò che voglio con quei soldi.»

«Hai allontanato tu tutti i miei corteggiatori!» urlai, rendendomi conto in quel momento del suo piano diabolico. «Hai pianificato tutto.»

Lui sorrise, per quanto freddamente. «Ci troviamo a Simms, nell'esercizio della signora Pratt. Se esci da quella porta, ti ritroverai per strada in una città che non conosci senza nessuno a garantire per te, senza alternativa che non sia tornare da lei per sopravvivere. E poi, dubito che lei ti lascerebbe andare. Non è vero, signora Pratt?» Non attese che la donna rispondesse. «Mi ha pagato una bella somma per te e non dubito che dovrai guadagnarti da vivere nel letto di qualcuno.» Emise un verso dal naso. «Visto il modo in cui è sembrato interessarti il piacere sessuale di Clara, confido che sarà un'ottima scelta per te.» Mi squadrò da capo a piedi, poi rivolse la propria attenzione alla signora Pratt. «Grazie per l'acquisto.»

«Signor James,» rispose lei con un piccolo cenno del capo, tenendogli aperta la porta. Lo stava lasciando andare?

Thomas uscì, il vuoto che si lasciò alle spalle grande quanto la mia mancanza di emozioni. Ero stata venduta ad un bordello! La sola idea era assurda, inimmaginabile, eppure eccomi lì. Mi si riempirono gli occhi di lacrime.

«Non è poi così male, signorina James. Non siete più sotto il controllo di quell'uomo detestabile.» La signora Pratt strinse le labbra mentre chiudeva la porta alle sue spalle. Era come se la vita come l'avevo sempre conosciuta fosse terminata, come se vi fosse stata chiusa una porta, con una nuova ad iniziare. Era questo che mi faceva più paura. Cosa comportava la mia nuova vita? Avrei dovuto servire uomini come Clara aveva fatto con Allen, o avrei dovuto soffrire sotto le mani crudeli di un uomo come Thomas? Era una follia!

Mi sfregai con forza le guance bagnate. «Magra consolazione,» risposi, abbassando lo sguardo sul decadente tappeto orientale. «Nemmeno l'alternativa, a giudicare da come l'ha messa Thomas, è allettante.»

«Quell'uomo, il tuo fratellastro, ti ha *venduta* a me.» Indicò la porta chiusa. «Non è un uomo degno delle nostre attenzioni. Io dico che è stata una benedizione che sia sparito.» La sua voce morbida aveva una connotazione ferrea, mentre agitava la mano in aria per dichiarare conclusa la faccenda.

«Allora perché avete accettato la sua offerta? Perché mi avete *comprata*?»

Le sue gonne oscillarono mentre attraversava la stanza. «Per fare soldi, ovviamente. Tuttavia, ho un debole per le donne le cui vite sono state messe in pericolo. Fidati di me, starai meglio qui con me che a trascorrere una sola altra notte sotto il tetto di quell'uomo.»

Sollevai il mento, non tanto convinta della mia situazione come lo era lei. «Sospetto che dipenda da ciò che desideriate fare di me.»

«Sei vergine,» constatò lei.

Arrossii furiosamente, le guance in fiamme.

«Sì, vedo già solo dalla tua reazione a quella parola che lo sei,» replicò lei, andando alla scrivania e sedendosi sulla sedia che vi stava accanto. Aveva la schiena dritta e si sistemò la gonna. Poteva essere una Signora, ma aveva le maniere di una signorina.

Abbassai lo sguardo sull'abitino azzurro chiaro che avevo indossato quella mattina. Tornai indietro con la mente, rendendomi conto che Thomas doveva avermi drogato il caffè con il laudano. Io lo prendevo senza zucchero, per cui il gusto amaro doveva essere stato ben mascherato. L'ultima cosa che ricordavo era aver mangiato un pezzo di pane tostato con la marmellata nella sala da pranzo.

«Immagino che la verginità sia piuttosto un lusso nel vostro settore. Siete una Madama, non è vero?» ribattei, cercando conferma della sua professione. Dubitavo che gestisse delle governanti.

Lei annuì. «Esatto. A differenza del tuo signor James, io ti offro due scelte.»

Inarcai un sopracciglio mentre attendevo di sentirle. Le mie opzioni, che dubitavo mi sarebbero piaciute, potevano essere ascoltate meglio da seduta, per cui tornai al bordo della poltroncina ricoperta di velluto sulla quale mi ero svegliata.

«Puoi lavorare qui per ripagare il tuo debito. Dal momento che sei innocente, sarai piuttosto popolare, te l'assicuro. Sei anche piuttosto bella, il che garantirà un interesse duraturo. Questo è il più raffinato bordello tra Kansas City e San Francisco e soddisfiamo le richieste più *insolite*. Le altre ragazze ti insegneranno tutto ciò che devi sapre oltre alle basi di una scopata riguardo al soddisfare le necessità degli uomini.»

Spalancai la bocca di fronte al suo linguaggio volgare, ma immaginai che fosse pertinente alla sua professione e parte del suo vocabolario quotidiano.

Abbassai lo sguardo sulle mani che mi tenevo in grembo cercando di radunare i pensieri. La testa continuava a pulsarmi, grazie agli effetti duraturi della disonestà di Thomas, rendendomi difficile riflettere. «E... l'altra scelta?»

«Puoi ripagare il tuo debito in una sera. Questa sera, a dire il vero.»

Sembrava allettante, ma sapevo che ci sarebbe stato un costo personale elevato. Poteva anche vendere piaceri carnali, ma qua si trattava di affari.

«Oh?» domandai, molto nervosa riguardo a ciò che

avrebbe detto.

«Un'asta matrimoniale.»

Esitai e fissai la signora Pratt. Aveva detto matrimonio e asta insieme? Nel senso che sarei stata messa all'asta per un potenziale marito?

«Chiedo scusa?» dissi confusa.

La signora Pratt mi sorrise dolcemente. «Conosco diversi uomini in cerca di una moglie che possa gestire le loro nature sessuali più intense e le loro personalità dominanti.»

Mi accigliai. Io di certo non potevo soddisfare quei requisiti. «Come avete detto voi stessa, io sono vergine. Non so nulla di... nature sessuali intense.»

«Bene.» Annuì decisa. «Non ho detto che devi sapere *qualcosa* al riguardo, ma che potresti *gestirle*.»

Mi accigliai. «C'è differenza?»

«Molta.» Attesi che chiarisse, ma lei rimase in silenzio.

«Come potete essere così sicura che saprei *gestire* queste... aspettative?»

«Da ciò a cui ha accennato il signor James, ti sei eccitata alla vista di una donna che si faceva scopare. È un'affermazione corretta?»

Io feci del mio meglio per non agitarmi. Ammettere di essere stata eccitata dall'assistere al piacere di Clara avrebbe significato che ero proprio come una qualunque delle ragazze della signora Pratt. Significava che ero davvero una guardona, perfino una zoccola. Magari il mio posto era davvero in un bordello.

«Be'?» domandò la signora Pratt.

«La donna traeva piacere da entrambi gli uomini. Non avevo idea che una cosa del genere fosse possibile.»

Lei spalancò leggermente gli occhi. «C'erano due uomini, dunque? E tu ti sei eccitata nel vedere ciò? Interessante.» Quando rimasi in silenzio, timorosa di lasciarmi sfuggire altri segreti, lei proseguì. «Dunque ti *sei* eccitata?» Aveva rigirato le mie parole a suo favore. «Forza, signorina James, non c'è bisogno di avere paura di dar voce ai propri sentimenti con me. Sono una Madama. Ho già visto e sentito di tutto. Nulla che tu, una vergine, possa ammettere mi sconvolgerebbe.»

Non riuscivo a dar voce a quelle parole, ma annuii.

«Ti è piaciuto guardare?»

Annuii di nuovo. «Mi è piaciuto vedere il primo uomo e la donna. Avrei anche potuto evitare di vedere il mio fratellastro impegnato in certe attività.»

«Hai desiderato di essere tu a venire scopata?»

Incrociai il suo sguardo chiaro. Lo sostenni. «Sì,» sussurrai.

Lei si alzò, il tessuto in raso del suo abito che rifletteva la luce. «Che scelta vuoi fare? Lavorare qui o sposare il maggior offerente?» I suoi occhi blu mi fissarono, in attesa.

Le sue parole facevano sembrare la mia vita tanto insignificante, come se la scelta fosse facile. Mi ero appena svegliata di fronte a quella situazione pochi minuti prima, la testa che ancora mi pulsava per via dei postumi. E adesso dovevo scegliere il mio destino? «Non ho intenzione di sposare un uomo come Thomas.» Mi strinsi le mani in grembo. «Una moltitudine di uomini che sfruttano il mio corpo non è nulla in confronto ad una vita intera di disonestà, indifferenza e infedeltà. Sarebbe una prigione senza via di fuga. L'avete conosciuto. Consigliarmi un accordo permanente con gente come lui vi renderebbe della stessa stoffa.»

Negli occhi della donna si accese una traccia di emozione. Ammirazione? Sorpresa? Non potevo esserne sicura. «Non darei mai in sposa una donna ad un uomo che non sia altro che generoso e premuroso. Sono inflessibile circa gli uomini che servo, ma protettiva verso le donne che fornisco. Ricordati che essere dominante in camera da letto è ben l'opposto di essere crudele.»

Non sapevo cosa intendesse con quell'ultima affermazione. «Perché un matrimonio? Perché non vendere semplicemente la mia verginità?»

«Non otterresti nulla dopo un primo uomo che ti spezza la verginità. Verresti macchiata e il tuo valore si abbasserebbe a quello di qualunque altra ragazza che lavora per me. A quel punto non saresti più maritabile e il tuo destino sarebbe segnato. Il matrimonio manterrebbe la tua rispettabilità. Non sostengo gli uomini che si prendono solamente ciò che vogliono da una donna senza dare nulla in cambio. Altrimenti puoi rimanere qui e lavorare per guadagnarti da vivere.»

Non avevo alcun interesse nel diventare una prostituta, l'idea mi faceva venire voglia di vomitare, ma potevo solamente accettare con cieca fiducia le rassicurazioni di quella donna circa il fatto che non sarei stata messa in catene con un uomo come Thomas. I suoi peculiari valori – la necessità di darmi in sposa per fare soldi pur mantenendo nel mentre intatta la mia virtù – era una strana svolta di eventi e la poneva in una luce leggermente diversa.

«Riesco ad immaginarmi piuttosto bene la vita di una moglie. Magari potreste descrivermi l'altra mia scelta.»

Lei sollevò un angolo della bocca di fronte alla mia richiesta. «La maggior parte delle ragazze lavorano dalle sei di sera alle sei di mattina, servendo fino a venti uomini. Scoprirai presto quali sono le tue migliori capacità e verrai riconosciuta per esse. All'inizio, ovviamente, sarà la tua innocenza, ma una volta svanita quella, dovrai decidere.» Fece spallucce con noncuranza. «Qualcuna si fa subito scopare, altre sono conosciute per il fatto di succhiare cazzi. A qualcuna piace farselo mettere nel culo. Poi c'è il bondage, il role playing, i ménage, la lista è piuttosto lunga, a dire il vero.»

Sollevai una mano, incapace di tenere il passo con quella lunga lista di servizi. In effetti, stavo ancora riflettendo sui venti uomini a notte. Era chiaro che mi stesse spingendo verso il matrimonio. Quella, molto probabilmente, era sempre stata la sua intenzione, pur permettendomi di credere di avere una scelta. Leccandomi le labbra, le posi la domanda più rilevante. «Quanti soldi avete dato a Thomas per me?»

«Settecento dollari.»

Inarcai le sopracciglia. Quella somma era solo una goccia nel mare per la famiglia James e avrei potuto ripagarla in fretta io stessa dopo una semplice visita alla banca, anche se ora non mi era più permesso.

«A meno di un dollaro per volta, si tratterebbe di centinaia di uomini. Sicuramente resteresti qui per molto tempo. Dopodiché...» Scrollò le spalle e lasciò che il suo silenzio parlasse da solo. «O potresti andartene stasera.»

Strinsi le labbra. In una maniera perversa e contorta, lei mi stava aiutando. Non poteva semplicemente permettermi di andarmene; c'erano troppi soldi in ballo. Il matrimonio aiutava me mentre lei aiutava se stessa. Non c'era davvero molta scelta. Lo sposo stesso non era una scelta. Sembrava che l'avrebbe deciso la signora Pratt, o quantomeno che avrebbe limitato la scelta ad un piccolo gruppo di uomini idonei che avevano la possibilità di offrirle i soldi che voleva. A giudicare dalla sua professione e dal suo senso per gli affari, i loro requisiti iniziali avrebbero incluso le necessità sessuali più basilari e ricchezza. «Potete garantirmi che l'uomo che sposerò non sarà un alcolizzato, un vecchio o uno che alza le mani?»

I suoi occhi azzurri incrociarono i miei. «Sì.»

«Scelgo... um... scelgo l'asta matrimoniale.»

«Una scelta saggia.» Si spostò e aprì la porta. «Come ho detto, questi uomini vogliono che tu soddisfi delle necessità molto definite e molto chiare. Essere dominanti non vuol dire essere crudeli. Ti servirà ricordarlo.»

CAPITOLO 3

MMA

Diverse ore più tardi, mi trovavo in piedi di fronte ad un gruppo di uomini con indosso solamente la mia sottoveste, quella nuova che avevo acquistato con tanta impazienza a inizio settimana. La signora Pratt, per quanto apparentemente gentile, aveva ritenuto prudente lasciare che gli offerenti vedessero più del mio corpo di quanto il mio abito non mettesse in mostra. Ora, rimproveravo l'indumento che avevo tanto ammirato, in quanto il tessuto era tanto sottile da essere semitrasparente. Non riuscivo a guardare nessuno di quegli uomini, a vedere l'espressione sui loro volti, mentre scrutavano il mio corpo come se fossero stati intenti ad ispezionare un cavallo prima di acquistarlo. Tenni la mia attenzione fissa sul pavimento.

Guardare in basso mi suggeriva cosa potessero vedere gli altri di me. Il colore dei miei capezzoli era palesemente visibile, le punte rigide che facevano capolino. La sottoveste mi arrivava a metà coscia ed ero certa che il colore scuro dei peli tra le mie gambe fosse chiaramente distinguibile. Il ricercato ricamo sull'orlo non faceva che attirare lo sguardo degli uomini sulla sua scarsa lunghezza. Per me era stato piacevole indossare un indumento tanto decadente sotto il mio abito modesto, con la consapevolezza segreta di cosa ci fosse al di sotto, ma essere esposta a tal modo ad una stanza piena di uomini era mortificante. Umiliante. Totalmente terrificante.

Era quasi impossibile non coprirmi con le braccia, tirare verso il basso l'orlo con dita tremanti, ma la signora Pratt aveva chiarito che il mio futuro marito avrebbe voluto avere una buona visuale di ciò che avrebbe acquistato. Se doveva essere quello il caso, io avrei dovuto essere nuda; tuttavia di certo non avrei suggerito l'idea. Per fortuna, la stanzetta non era troppo illuminata, c'erano solamente un paio di lampade accese che gettavano una flebile luce gialla. Non faceva freddo, ma mi venne la pelle d'oca sulle braccia comunque. Il leggero odore di cherosene misto a tabacco riempiva l'aria.

E così me ne stavo lì in piedi, mani lungo i fianchi a sfregare i polpastrelli l'uno contro l'altro, gli occhi che guardavano ovunque meno che in direzione degli uomini mentre l'aria si riempiva di mormorii. La signora Pratt era l'unica altra donna nella stanza ed io sapevo di avere tutti gli sguardi puntati addosso, con gli uomini seduti in semicerchio su delle sedie attorno a me. Avrebbero potuto avere qualsiasi altra donna al piano di sotto, dunque perché io? Perché una verginella inesperta quando un'autentica cortigiana avrebbe potuto venire incontro ad ogni loro necessità senza il peso di un vincolo coniugale? Chiaramente, col fatto che non si fossero avvalsi di quell'opzione, per quanto disponibile, quegli uomini erano seri in quanto alle loro intenzioni. Avevo brevemente scorto quattro di loro entrando, ma mi ero rifiutata di incrociare lo sguardo di chiunque. Non era che avessi paura di conoscere qualcuno di loro – le possibilità erano incredibilmente remote dal momento che ci trovavamo a Simms e non ad Helena – ma non volevo vedere le loro espressioni mentre notavano il mio *dishabillé*. Non volevo vedere le loro espressioni mentre mi guardavano.

«È vergine?» domandò un uomo alla mia destra.

La signora Pratt, che era in piedi alle mie spalle, parlò, le sue parole secche e sorprendentemente stizzite. «Non mettete in dubbio l'integrità delle mie aste, signor Pierce.»

L'uomo emise un verso insoddisfatto con la gola, ma non rispose.

«La voglio nuda,» aggiunse un altro.

«Emma,» la signora Pratt si rivolse a me invece di rispondere alla richiesta. «Cos'ha visto un uomo del tuo corpo?»

Mi voltai verso la sua voce, sollevando lo sguardo su di lei attraverso le mie ciglia abbassate. «Signora?» domandai, la voce a malapena più che un sussurro.

«Un uomo ti ha mai visto le caviglie?»

Arrossii violentemente a quell'idea. «No.» Abbassai lo sguardo e mi concentrai sul tappeto sotto i miei piedi.

«Un polso?»

Scossi la testa. «No.»

«Questa è la prima volta che un uomo ti vede con indosso solamente una sottoveste?»

Perché doveva sottolineare l'entità della mia innocenza? Trassi un respiro profondo per placare il cuore che mi batteva forte. Sembrava che volesse uscirmi dal petto. Leccandomi le labbra, risposi. «Sì, signora.»

«Allora, signor Rivers, l'assistere alla sua reazione nel trovarsi nuda con un uomo sarà un privilegio riservato solamente a suo marito. Fate l'offerta più alta e quell'uomo sarete voi.»

Una voce parlò alla mia sinistra. «È stata addestrata a venire incontro alle esigenze di suo marito?»

«Certo che no, signor Potter. Il suo addestramento è responsabilità di suo marito.»

«E un piacere.» La voce dell'uomo giunse proprio da davanti a me. Era un timbro profondo, ruvido, eppure sicuro di sé. Vedevo solamente i suoi piedi e la parte inferiore delle gambe. Stivali di pelle, pantaloni neri. Mi rifiutai di guardare più in alto. Piacere, aveva detto? Quell'uomo avrebbe trovato piacere nell'addestrarmi ad andare incontro alle sue necessità? Mi tornò in mente una visione di Clara, a gambe spalancate, che si faceva dare piacere da Allen. La governante aveva fatto ciò che l'uomo desiderava?

«Precisamente,» aggiunse la signora Pratt, le sue parole che mi riportavano al presente. «Cominciamo? L'asta parte a mille dollari.»

Quel prezzo mi fece trasalire. Così tanto? Non c'era da meravigliarsi che la signora Pratt volesse vendermi al miglior offerente. Rientrava facilmente delle spese e ne avrebbe ricavato un bel profitto.

Il prezzo salì quasi subito. Non osavo sollevare lo sguardo per vedere chi stesse facendo offerte. Il peso della situazione non mi era sconosciuto. Quelle voci erano di uomini che volevano sposarmi. *Sposarmi*. Ed erano disposti ad offrire una piccola fortuna per farlo. Non c'era corteggiamento, niente cene, niente passeggiate o uscite in accompagnamento. Nessuna confidenza sussurrata, sorrisi provocanti o baci rubati. Quegli uomini stavano facendo offerte per me per via della mia purezza, del mio aspetto e della rassicurazione della signora Pratt circa il fatto che sarei andata incontro alle loro necessità sessuali. Mi passai le dita sulla sottoveste ai miei fianchi mentre continuavo a studiare il motivo cachemire del tappeto, cercando di regolare il respiro. Quella situazione stava annientando la mia idea di sposarmi per amore e la stava rimpiazzando con qualcosa di squallido e ignobile.

«Venduta!» disse la signora Pratt in tono decisivo, facendomi sobbalzare. Era finita? Era successo così in fretta, forse solo un minuto o due, eppure la mia vita era cambiata in maniera irrevocabile. Ero troppo spaventata per sollevare lo sguardo e vedere l'uomo che aveva offerto di più. In effetti, non ero sicura di chi avesse vinto. Vedere il suo volto avrebbe solo reso il tutto molto più reale. «Signor Kane, signor Monroe, congratulazioni. Vi prego di seguirmi. Il dottore e il giudice di pace attendono nel mio ufficio.»

Aveva menzionato due uomini? Non poteva essere. La donna mi prese per un braccio e mi condusse via dalla stanza. Mentre camminavamo lungo il corridoio, notai l'uomo con gli stivali e i pantaloni scuri che ci seguiva. Era lui il signor Kane? Sarebbe stato mio marito? Quando svoltammo un angolo, notai un secondo uomo che ci seguiva un po' più indietro. Era tutto così soverchiante, così disorientante. Rapido. Sembrava che dovessimo sposarci nell'immediato. La signora Pratt era una donna d'affari accorta e di certo non voleva correre alcun rischio che questo uomo, il signor Kane, si tirasse indietro dall'accordo. Di certo dei voti nuziali avrebbero risolto il problema.

Il giudice di pace era un uomo basso e robusto con dei baffi sottili. Aveva più peli sopra le labbra che capelli in testa. Bibbia alla mano, si alzò quando ci vide arrivare. Lo stesso fece il dottore, o così presunsi. Era alto e curato, di corporatura snella, ma attraente con indosso il suo completo scuro. Fissai lo sguardo oltre l'uomo con i pantaloni scuri e gli stivali, timorosa del fatto che se l'avessi guardato, tutto quello sarebbe diventato reale. L'uomo che ci seguiva si spostò per restarsene in disparte in un angolo. I suoi abiti erano meno formali: pantaloni scuri e camicia bianca. Aveva i capelli più lunghi del normale e la pelle abbronzata come se avesse passato molto tempo all'aperto. Il colore dei suoi capelli mi ricordava un campo di grano, in cui i riccioli venivano illuminati dal sole estivo. Con gli occhi verdi penetranti fissi su di me, mi sentivo esposta, ricordandomi di avere indosso solamente la mia sottoveste. Era come se fosse stato in grado di vedere attraverso il tessuto fino alla mia pelle inviolata. Quando il suo sguardo incrociò il mio, ebbi la sensazione che potesse vedermi dentro, leggendomi nel pensiero. Non potei impedirmi di incrociare le braccia al petto in un tentativo di modestia.

Mi sentii arrossire, i capezzoli che si indurivano alla consapevolezza che mi stesse guardando. Quando colsi con la coda dell'occhio un angolo della sua bocca incurvarsi verso l'alto, seppi che non mi avrebbe salvata da quella farsa di matrimonio.

«Dottor Carmichael, cominceremo con la sua visita,» disse la signora Pratt, e il mio sguardo si spostò su di lei.

Mi raggelai. Visita? Lì? Con quegli uomini? Incurvando le spalle, cercai di coprirmi il più possibile. Il dottore fece un passo verso di me ed io balzai indietro.

«Aspettate,» interruppe il signor Kane, sollevando una mano e facendo fermare l'altro uomo. Riconobbi la sua voce dall'asta. «Non vuoi vedere l'uomo che stai per sposare?» La sua voce era profonda e severa e mi resi conto che stava parlando con me. Le sue parole nascondevano un accento britannico, con le vocali corte e tronche. Cosa ci faceva un inglese così lontano da casa, nonché in un bordello a sposare una completa sconosciuta? Il modo in cui ignorava non solo la signora Pratt, ma anche il dottore, la diceva lunga sul suo potere, il che mi rendeva curiosa e allo stesso tempo timorosa di lui.

Chiusi brevemente gli occhi e deglutii. Non potevo più evitarlo. Voltandomi, guardai avanti, ma solamente sui bottoni della sua camicia bianca. Sollevando il mento, scorsi per la prima volta il mio sposo e mi si mozzò il respiro. La prima cosa che notai furono i suoi occhi. Scuri, così scuri da essere quasi neri, con delle sopracciglia ben definite. Mi guardava con una tale intensità, una tale possessività, che era difficile distogliere lo sguardo. I suoi capelli erano altrettanto scuri, così neri da avere quasi dei riflessi bluastri. Erano tagliati corti ai lati e più lunghi in cima per ricadergli sulla fronte. Il naso era sottile, ma leggermente curvo, come se a un certo punto fosse stato rotto. La mascella era ampia, squadrata, con un accenno di barba scura. Le labbra erano piene e un angolo era sollevato come se avesse saputo che ero impressionata da ciò che vedevo.

Era bellissimo, decisamente bellissimo. E alto – avrei detto quasi due metri – e altrettanto robusto. Le spalle erano ampie e ben definite sotto la camicia bianca, il petto robusto, che si stringeva in una vita sottile. Aveva le gambe lunghe e palesemente muscolose, una cosa che nell'altra stanza non avevo notato. Se non avesse parlato, non l'avrei riconosciuto come straniero.

A confronto con la sua enorme stazza, io ero piccola, praticamente striminzita. Quell'uomo, *il mio sposo*, avrebbe potuto facilmente farmi del male se l'avesse voluto, tuttavia lo sguardo ardente che aveva negli occhi mi diceva che voleva esaudire altri desideri. Con me. Trasalii.

«Ecco, adesso riesco a vederti in volto. Per dei capelli così scuri, hai degli occhi sorprendentemente azzurri.»

La sua voce colta, per quanto aspra e profondamente baritona, celava una nota di qualcosa – tenerezza, forse – che uno non si sarebbe aspettato. Le sue labbra si incurvarono in un angolo e gli si formò una fossetta nella guancia.

«Come ti chiami?» domandò.

«Emma. Emma James,» risposi, col suo tono dolce a convincermi a farlo.

«Io sono Whitmore Kane, ma tutti mi chiamano Kane.»

Kane. Il mio sposo si chiamava Kane ed era inglese. Mi avrebbe portata a vivere in Inghilterra? L'idea mi terrorizzava. Io non sapevo nulla dell'Inghilterra, nulla della vita al di fuori dal Territorio del Montana.

«Ian,» chiamò lui. L'uomo nell'angolo si fece avanti, estraendo una mazzetta di banconote piegate dalla tasca dei pantaloni, contandone una somma esorbitante e porgendola poi alla signora Pratt. Quell'uomo era il segretario di Kane proprio come Allen per Thomas?

«Non richiederemo i servigi del dottore,» disse l'uomo di nome Ian alla signora Pratt una volta completata la transazione. Anche lui era alto e robusto, con i capelli chiari e lo sguardo serio.

«Non volete che la esamini per verificare la sua verginità?» domandò il dottore, come se io non mi fossi nemmeno trovata nella stanza. «È un'operazione semplice. Si sdraierà sulla poltroncina tenendosi le ginocchia al petto. Io le inserirò le dita all'interno per cercare col tatto la barriera della sua verginità. Di certo vorrete una prova dopo la bella somma che avete appena pagato.»

-Sbiancai alla sola idea presentata dal dottore. Voleva toccarmi con altri tre uomini a guardare più la signora Pratt? Feci un passo indietro e andai a sbattere contro Ian. Per fortuna, era stato lui a dire che quello spiacevole esame non sarebbe stato necessario. Ad ogni modo, trasalii a quel contatto e mi spostai. Quella stanza era troppo piccola!

«Vi assicuro che posso esaminarla da solo,» controbatté Kane.

Il dottore non sembrò turbato dalla risposta, si limitò ad annuire comprensivo. «Ma certo.»

«Lasciate che vi apra la porta, Dottore, così potete congedarvi,» disse cordialmente Ian, con una forte cadenza scozzese.

Il dottor Carmichael recuperò una borsa a tracolla nera dalla scrivania della signora Pratt e uscì dalla porta che Ian gli teneva aperta, poi se la chiuse alle spalle.

Lasciai andare il fiato che avevo trattenuto. Solo il fatto che quell'uomo fosse uscito dalla stanza alleviava leggermente la tensione, per me.

La signora Pratt si rivolse al giudice di pace. «Sembra che siamo pronti per lei, signor Molesly.»

No, la tensione non si era alleviata affatto. Stavo per sposare uno straniero inglese.

«Dopo, sarò felice di portarvi di sotto per usufruire di una delle mie ragazze.»

«Rachelle è disponibile?» domandò lui, gli occhi accesi d'impazienza.

La signora Pratt annuì. «Ma certo. Stava chiedendo di voi.»

L'uomo si gonfiò come un pavone a quella lusinga, per quanto molto probabilmente falsa. Lo rese di certo impaziente di concludere il proprio compito, comunque, il che non fece che farmi dubitare della profondità della sua vocazione. Si schiarì la gola e cominciò. «Cari congiunti...»

Quella mattina ero stata un'ereditiera che faceva colazione in casa sua. Adesso, me ne stavo in piedi con indosso solamente la sottoveste a sposare un bellissimo straniero che mi aveva comprata ad un'asta al piano superiore di un bordello.

CAPITOLO 4

MMA

«Vorrete esaminare il vostro acquisto, ora, ne sono certa,» commentò la signora Pratt. Aveva invitato il giudice di pace a recarsi al piano di sotto indirizzandolo verso Rachelle. Lui non si era fatto scrupoli nell'ufficiare a quella insolita cerimonia, un compito che molto probabilmente aveva già svolto in passato; senza dubbio i servizi di Rachelle erano stati sempre un omaggio a seguito dei suoi servigi.

Ian si spostò per mettersi accanto a Kane. Erano entrambi alti e con le spalle ampie. Non sapevo quale lavoro svolgessero, ma quasi sicuramente si trattava di qualcosa per cui erano richiesti i loro muscoli dal momento che erano entrambi ben formati. Forzuti. Non erano i tipici gentiluomini che sedevano a far niente. A giudicare dal loro aspetto, dall'intensità che emanavano, erano uomini potenti. E uno di loro era mio marito. L'altro mi guardava con la stessa luce possessiva negli occhi. Li trovavo anche entrambi bellissimi.

«Sì,» rispose Kane.

Sgranai gli occhi, spalancai la bocca e feci un passo indietro, allungando una mano in un debole gesto di difesa. «Di certo non vi aspetterete che-»

Kane sollevò a sua volta una mano per interrompere le mie parole. «Sposare me ti ha indubbiamente salvata da una sgradevole situazione in cui ti trovavi. Ho pagato una somma ragguardevole per farlo. Dunque, mi sono guadagnato il diritto di ispezionare la merce.»

Merce? Mi si infiammarono le guance, e quella volta non per l'umiliazione, bensì per l'indignazione. «Non sono una cavalla di valore che avete acquistato per l'accoppiamento.»

Kane inarcò un sopracciglio scuro. Mi trafisse coi suoi occhi altrettanto scuri. «Ah no?»

Quella domanda mi lasciò senza parole ed io mi voltai, incapace di guardarlo.

«Ecco.» La signora Pratt porse un vasetto di vetro a Ian. «Questo faciliterà l'ingresso.»

«Non ce n'è bisogno,» replicò Kane. «Avrà la fica bagnata quando la controllerò.»

Fica? Non avevo mai sentito quel termine prima, eppure sapevo che era volgare e un eufemismo del suo dialetto per indicare i genitali di una donna. Strinsi le gambe. Mi avrebbe infilato le dita dentro. *Lì*. Non avevo idea di cosa stesse parlando riguardo all'essere bagnata, ma sembrava sicuro di sé.

«Non preoccuparti, ragazza. Kane te lo farà piacere, stanne certa. Vi prego di lasciarci soli, signora Pratt,» disse Ian. Non Kane, bensì Ian. Intendeva rimanere nella stanza? Adesso? Inghiottii la mia paura per quei due dominatori.

Lasciar*ci*? Dubitavo fortemente che mi sarebbe piaciuto farmi toccare da Kane come immaginava lui. Bello o meno, io ero diffidente e ne avevo tutto il diritto. Quel giorno erano cambiate troppe cose per me per non esserlo.

La signora Pratt se ne andò piuttosto in fretta; aveva guadagnato i suoi soldi e si era sbarazzata di me senza problemi. Avendo pronunciato i voti, non solo per vie legali ma anche agli occhi di Dio, Kane non avrebbe potuto cambiare idea.

Noi tre restammo nella stanza, ora meno affollata, seppur mi sentissi troppo piccola vista l'enorme stazza di Ian e Kane. Mi sentivo minacciata, sopraffatta.

«Sei insoddisfatta di tuo marito?» domandò Kane, una traccia di umorismo nella voce.

Il suo tono mi fece voltare di scatto a guardarlo, ma vidi dalla sua espressione che era stata quella la sua intenzione. Aveva voluto che lo guardassi. Che li guardassi entrambi.

«Di ciò che intendete fare, sì.»

«Siamo i tuoi mariti. Ti toccheremo, *eccome*.»

Spalancai gli occhi e mi allontanai, ora davvero spaventata. «*Voi*? Entrambi? Devo avervi sentito male.»

Entrambi scossero la testa. «Hai sentito bene.» Kane indicò se stesso, poi Ian. «*Noi* siamo i tuoi mariti.»

Era assurdo ed ero certa che l'espressione sul mio viso lo dimostrasse. «Non posso avere *due* mariti!»

«Legalmente sei sposata con Kane, ragazza, tuttavia sei anche mia. Io sono Ian Stewart.» La voce di Ian era più profonda di quella di Kane, più oscura e con un accento più marcato.

Scossi la testa, le lacrime che avevo tenuto a bada così a lungo che ormai mi riempivano gli occhi, riversandosi sulle mie guance. «Perché? Non capisco.»

«Come puoi capire dai nostri accenti, siamo britannici.»

«Parla per te,» borbottò Ian. «Io sono scozzese.»

«Io... non voglio vivere in Inghilterra,» dissi, scuotendo violentemente la testa nel mentre.

«Nemmeno noi. Possiamo anche venire da un altro paese, ma casa nostra è qui nel Territorio del Montana.»

Non sembrava il tipo di uomo da mentire, per cui percepii una debolissima scintilla di speranza riguardo al fatto che non avrei dovuto vivere in un paese straniero. Ero solamente *sposata* con degli stranieri. Che concetto folle!

Kane incrociò le braccia sul petto ampio. «Siamo soldati. Le nostre vite sono state trascorse a difendere il regno per la Regina e per il paese. Ciò includeva un tratto nel piccolo stato del medio oriente di Mohamir che ha ampliato le nostre prospettive circa il trattamento e il possesso delle donne.»

Mohamir? Non ne avevo mai sentito parlare, tuttavia non conoscevo i confini geografici più lontani. «Possesso?»

Ian si passò con disinvoltura il barattolo da una mano all'altra come avrebbe fatto con una palla di neve d'inverno. «Una moglie appartiene al marito, lo sai? Puo fare di lei ciò che ritiene giusto. Abusarne, picchiarla, trattarla male. Nulla può fermarlo, nemmeno la legge né Dio possono proteggere una donna dal marito.»

Mi sentii sbiancare e indietreggiai barcollando. Quegli uomini erano come Thomas. La signora Pratt mi aveva promesso che non avrei dovuto soffrire il destino descritto da Ian. Lui fece un passo avanti e mi prese per un gomito, la sua presa sorprendentemente delicata considerate la sua stazza e le sue parole cupe.

«Tranquilla, ragazza,» mormorò.

«Vi prego... vi prego, non fatemi del male,» sussurrai, la testa voltata altrove, ritraendomi da qualunque cosa quell'uomo avesse voluto farmi. Non sarei sopravvissuta a due uomini che abusavano di me.

Kane si avvicinò ed io sollevai una mano per ripararmi il volto.

«Emma. Emma, ragazza, guardami.» La voce di Ian era insistente, tuttavia la sua presa rimase delicata. Voltando a malapena la testa, gli lanciai un'occhiata – a entrambi –

attraverso le ciglia. Loro mi guardavano intensamente, le mascelle serrate, un tendine nel collo di Ian in evidenza.

«Non ti picchieremo mai. Non saremo mai crudeli,» promise Ian. «Ti stimeremo e ti rispetteremo come si fa ad Est. Sarai accudita e protetta.»

«Da entrambi,» aggiunse Kane solennemente. «In quanto nostra moglie, ci appartieni. È nostro compito tenerti al sicuro, occuparci della tua felicità e del tuo piacere. A cominciare da ora.»

«Confermando la mia verginità. Dubitate di me e della signora Pratt,» protestai.

«Troverai piacere quando io avrò trovato tale conferma, te lo garantisco.» Kane sospirò, probabilmente quando vide lo scetticismo sul mio volto. «La signora Pratt non sarebbe uscita dalla stanza se avesse detto il falso, ma ho intenzione di scoprire la verità. Non ce ne andremo da qui finché non l'avrò fatto.»

«Perché?» domandai confusa. Perché gli serviva la conferma? «Siamo sposati e non si possono infrangere le promesse. Sono vostra moglie, vergine o meno.» Lanciai un'occhiata a entrambi mentre lo dicevo.

«Dobbiamo sapere se sei vergine perché così, quando ti prenderemo per la prima volta, lo faremo nel modo giusto.»

Non sapendo cosa intendesse, chiesi, «Non vi fidate della mia parola al riguardo?»

«Non ti conosciamo,» controbatté Kane. «E cambieremo subito la cosa.»

Arretrai di un passo, sollevando lo sguardo sull'uomo a cui ora appartenevo con gli occhi spalancati per la paura. «Voi mi... mi costringereste?»

Ian e Kane si scambiarono un'occhiata, apparentemente comunicando senza proferire parola. Ian guardò il barattolo di vetro che aveva tra le mani, rifletté su qualcosa, poi lo posò sulla scrivania.

«Lo dirò ancora una volta,» ripeté Kane. «Sono tuo marito. Ian è tuo marito. Farai come ti diciamo in ogni cosa, ma ti posso assicurare, così come può farlo Ian, che non ci sarà alcun bisogno di costringerti. Sarei ben soddisfatta prima ancora che avremo finito.»

Così arrogante! «Oh? E perché mai?»

«Perché sarai bagnata e desidererai le nostre mani su di te. Ho intenzione di affondarti le dita dentro la fica per cercare la tua verginità e tu mi vorrai dentro di te. Poi ti concederò il tuo primo piacere. Sei bagnata adesso?»

«Continuate a parlare di essere bagnata.» Aggrottai la fronte confusa. «Io... non so cosa intendiate.»

Invece di avvicinarsi, lui si spostò fino alla comoda poltrona in un angolo e si sedette. Si appoggiò allo schienale, con le braccia poste con nonchalance sui braccioli imbottiti, le gambe aperte e allungate di fronte a sé.

«La signora Pratt ha detto che hai guardato una coppia scopare ed è per questo che ti trovi qui.» Io spalancai gli occhi, ma lui proseguì. «Si trovavano su un letto?»

«No! State insinuando che mi sono intrufolata e nascosta a spiare.»

«Ti hanno lasciata guardare, dunque?» domandò Ian, ancora in piedi accanto a me.

«No!» ripetei, agitandomi per via del fatto che quei due uomini mi stavano assillando con le loro parole. «Sono tornata a casa e li ho trovati... in cucina.»

«Ah. Gli hai visto l'uccello?»

Non sapevo come rispondere. Certo che gli avevo visto l'uccello. Stavano... scopando! Mi avrebbe resa merce danneggiata se avessi risposto di sì?

«Le stava scopando la fica? La bocca? Il culo?» volle sapere Kane.

«Signor Kane, per piacere!» esclamai, arrossendo. Mi

coprii le guance con le mani. Come poteva parlarne tanto facilmente?

«Lei aveva la fica bagnata, ragazza?» insistette Ian.

«Non so...»

«Tra le sue gambe.» Mi interruppe con voce profonda. «Era bagnata tra le gambe?»

«Sì,» risposi, frustrata e non abituata ad essere verbalmente prevaricata.

«In questo istante, la tua fica è bagnata come lo era la sua?»

Feci un altro passo indietro e andai a sbattere contro la scrivania. Afferrandola, strinsi la presa sul bordo in legno alle mie spalle. Mi dava stabilità – qualcosa a cui aggrapparmi, mentre il mondo mi vorticava intorno. La domanda era, si sarebbe mai più rimesso a posto?

«Certo che no.»

«Allora ti bagnerò io così che le mie dita possano infilarsi dentro facilmente,» replicò Kane con sicurezza.

«Perché è così importante, questo... essere bagnata?» domandai, agitando una mano di fronte a me.

«Ci dice se sei eccitata. È un segno, un'indicazione circa ciò che ti eccita, anche quando potresti dirci il contrario.»

«Cosa? No.» Quando lui non si mosse, non disse nulla, io proseguii. «Io non volevo tutto questo. Non ho chiesto di essere qui. Thomas mi ha drogata ed io mi sono svegliata qui, l'unica opzione era lavorare per la signora Pratt o sposare voi. Non volevo fare nessuna delle due cose, sposare nessuno di voi due. Non *entrambi*. Come potete aspettarvi che sia eccitata quando non è stata una mia scelta?»

«Chi è Thomas?» chiese Ian, assottigliando lo sguardo.

«Il mio fratellastro.»

«È lui che hai visto scopare?» chiese Kane.

Mi leccai le labbra. «Prima ho visto il suo segretario con una delle governanti, poi, quando lui ha finito, è toccato a

Thomas, ma sono stata scoperta e sono fuggita prima di assistere a gran parte di quello.»

Ian annuì. «Ora capisco. Il tuo fratellastro non mi era sembrato un tipo a posto. Non c'è da meravigliarsi che tu sia diffidente nei confronti degli uomini.»

«Puoi anche non volerlo – questo matrimonio o qualunque cosa ti faremo – la tua mente può anche dirti di resistere seguendo il modo in cui senti di dover reagire, ma il tuo corpo ci mostrerà la verità,» disse Kane.

Ero scettica. Dubbiosa. Era di questo che parlava? Di come la mia mente stesse mettendo in dubbio la situazione, ma poteva il mio corpo andare contro i miei stessi desideri e agire di propria sponte? Era impossibile, eppure altrettanto lo era essere sposata con due uomini. Io sapevo controllarmi. Incrociai con decisione le braccia davanti al petto. «Come?»

«So che hai paura.» Si interruppe, guardandomi attentamente. Quando io trassi un respiro profondo e annuii, lui proseguì. «Rispondi alle mie domande. Non ti toccherò nemmeno mentre te le porrò.» Si chinò in avanti, le mani sulle ginocchia, e sollevò lo sguardo su di me, scuro e affascinante.

«Non mi toccherete?» ripetei, desiderando che confermasse quanto aveva detto. Mi dava speranza, ma lasciai che sul mio viso fosse espresso il mio pessimismo, specialmente quando guardai Ian.

«Nessuno di noi lo farà. Non ancora,» chiarì. «Quando il tuo corpo sarà pronto, allora troverò la tua verginità.»

Continuai a guardarlo con scetticismo, dubitando di lui dal momento che il mio corpo non sarebbe mai stato pronto, ma lui ne era così sicuro!

«Dimmi, Emma, cosa ti è piaciuto del guardare la coppia scopare?» domandò Ian. Si spostò per appoggiarsi alla parete, le caviglie incrociate, rilassato. Essendo lui così vicino alla porta, non c'era via di fuga. «Non il tuo fratellastro. L'altro.»

Lanciai un'occhiata ad un tagliacarte sul tavolo, ai miei piedi scalzi, al caminetto spento, ovunque tranne che a lui. Loro. Stavano mettendo alla prova la mia suscettibilità.

«Rispondimi, per favore.»

Non potevo evitare di farlo. Sembrava che la sua pazienza fosse infinita e che avrebbe ottenuto ciò che voleva. Erano entrambi così. Come avevano detto, appartenevo a loro. Oh, signore benedetto, a *loro*! Il tono di Kane – il modo in cui si era messo dall'altra parte della stanza, il modo in cui Ian se ne stava in piedi con tanta noncuranza – li rendeva inoffensivi, come se fosse stata quella la loro intenzione. Ad ogni modo, era impossibile dimenticare il loro obiettivo. Quell'approccio gentile era un piano per conquistarmi ed era solo una questione di tempo prima che la loro vera natura venisse alla luce. Non poteva essere tanto semplice quanto due uomini che mi desideravano e basta.

«Stavo tornando a prendere la sacca del pranzo di un bambino e inizialmente non sapevo a cosa stessi assistendo.» Quando loro mi guardarono in silenzio con sguardi scuri e penetranti, ma non risposero, io proseguii. «Mi ha colto di sorpresa. Non mi ero mai aspettata, non avevo mai *saputo*, che una cosa del genere potesse accadere in cucina.»

«Non hai risposto alla mia domanda, ma lascerò correre. Come se la stava scopando?» domandò Kane.

Chiusi brevemente gli occhi, per nulla abituata a quel genere di domande. «Lei era... sulla schiena sul tavolo. Lui le teneva le caviglie sollevate e le gambe spalancate. Il suo membro-»

«Cazzo.» Trasalii quando Ian disse quella parola, interrompendomi. «Il suo cazzo. Dillo, ragazza.»

Mi leccai le labbra. «Il suo... cazzo era grande, duro e rosso e lui glielo stava mettendo dentro, più e più volte.»

«Le stava scopando la fica col cazzo.» Disse lui le parole che a me non riuscivano.

Mi scostai un ricciolo dal volto. «Sì.»

«La donna stava apprezzando le sue attenzioni?»

Io guardai Kane a quella domanda, incrociando il suo sguardo. «Sì. Sì, le piaceva.»

«A te è piaciuto guardare?»

Mi scostai dal bordo della scrivania e presi a fare avanti e indietro per la stanzetta, dal caminetto spento fino alla libreria e viceversa, tenendomi alla larga da Ian. Non potevo dire loro la verità. Cosa avrebbero pensato di me? Sarei stata proprio come le ragazze al piano di sotto se avessi ammesso di aver sentito... un desiderio scorrermi dentro nel vedere le loro azioni.

«Emma?»

«No. No, non mi è piaciuto,» risposi, distogliendo lo sguardo.

«Emma.» Quella volta, quando pronunciò il mio nome, lo fece con asprezza e disappunto. «Ti concederò quest'unica possibilità per mentirmi. In futuro, se lo farai, ti prometto che non apprezzerai le conseguenze.»

CAPITOLO 5

MMA

«Come fate a sapere che sto mentendo?» Agitai le braccia per aria. «Non è possibile che non mi sia piaciuto quel che ho visto?»

«Come ho detto prima, il tuo corpo non mente. Guardati i capezzoli, ce li hai duri.»

Abbassai lo sguardo. Era vero.

«I tuoi occhi, non sono azzurro chiaro, adesso, ma di un profondo grigio tempestoso. Oserei dire che il solo pensare a ciò che ha fatto il segretario a quella donna ti eccita. Rispondi alla domanda, Emma.»

Mi voltai di scatto, fronteggiando Kane e assottigliando gli occhi. Non avevo bisogno di abbassare lo sguardo sui miei seni per sapere che le punte erano dure. Riuscivo a sentirle, dolorosamente erette. Non ero il tipo da lasciar trapelare la mia ira – nessuna signorina di buona famiglia lo faceva – ma avevo avuto una giornata piuttosto stressante e loro mi avevano provocata troppo. «Sì! Mi è piaciuto. Ho sentito... qualcosa quando li ho guardati.» Strinsi le mani a pugno. «Ora sapete la verità, ma è troppo tardi.» I seni mi si alzavano e abbassavano sotto la sottile sottoveste e il materiale mi infastidiva i capezzoli sensibili.

Kane si limitò a inarcare un sopracciglio di fronte alla mia risposta animata. Perché doveva essere così tranquillo? «Troppo tardi?»

«Siete sposato con una donna che è proprio come l'ha dipinta il suo fratellastro: una guardona con le inclinazioni morali di una prostituta. Perché dovreste volermi, entrambi voi, proprio non lo concepisco. Non c'è modo di sfuggire al matrimonio con me, ormai.» Senza dubbio riusciva a cogliere l'amarezza nel mio tono.

Le mie parole non ebbero l'effetto che mi ero aspettata. Invece di rabbia, si mostrarono entrambi divertiti. Kane sorrideva, ampiamente, mettendo in mostra i suoi denti bianchi e dritti. Era ancora più bello e la cosa mi irritava.

«È vero. Sei mia.» Se ne stava ancora con gli avambracci appoggiati sulle ginocchia. «Appartieni anche ad Ian.» Lasciò che quelle parole aleggiassero nell'aria per un momento, forse cercando di alleggerire le mie preoccupazioni. Non stava funzionando.

«Te la farò ancora più semplice. Rispondi sì o no alle mie domande, d'accordo?»

Trassi un respiro profondo e rimasi in piedi di fronte a lui, seppur ancora troppo lontana perché potesse toccarmi. Entrambi avrebbero potuto muoversi rapidamente e afferrarmi, colpirmi, ferirmi, ma rimasero immobili. Il cuore mi batteva a mille e avevo il respiro pesante per via della mia sfuriata.

«Chiudi gli occhi. Forza, chiudili,» aggiunse Kane, quando io non risposi all'istante.

L'oscurità era come una barriera protettiva, qualcosa

dietro la quale potevo nascondermi. Non dovevo guardare Kane o Ian, vedere i loro bellissimi volti, percepire il loro sguardo attento se tenevo gli occhi chiusi. Era... più facile.

«Brava ragazza. Immaginati la coppia. Il segretario e la governante. Il tuo corpo si è riscaldato nel guardarli?» La sua voce si fece più lenta, più piatta.

«Sì.»

«I tuoi capezzoli si sono induriti?»

«Sì.»

«Volevi che quell'uomo scopasse te?» domandò Ian, la sua voce che proveniva dal mio fianco.

Mi immaginai Allen e ciò che avevo visto. *Lui* non mi aveva attratto, ma ciò che aveva fatto sì. Non avevo voluto che mi scopasse lui, ma un uomo tutto mio. «No.»

«Ma volevi farti scopare, sapere che sensazione si provasse col suo cazzo affondato dentro. Cosa provasse quella donna?»

Rividi la testa di Clara gettata all'indietro, i suoi occhi chiusi, la bocca aperta, la schiena inarcata e sollevata dal tavolo. Si era persa nel proprio piacere in quell'istante. «Sì.»

Sentii Kane alzarsi e venire alle mie spalle. Girarmi attorno.

«Tieni gli occhi chiusi.» La sua voce provenne dalla mia destra. «La tua fica – la tua passera, quel punto tra le tue gambe, pulsa all'idea di un cazzo?»

Lo faceva. Eccome se lo faceva. «Sì.»

Sentii Ian muoversi, a quel punto, arrivando alle mie spalle dalla mia sinistra. «Riesco a vederti i capezzoli, tutti duri ed eretti.» Era abbastanza vicino che riuscivo a sentire il suo fiato sulla spalla. «Hanno bisogno di essere toccati?»

La testa mi ricadde all'indietro, mentre mi facevo ipnotizzare dalla sua voce profonda. «Sì.»

«Rispondi di nuovo alla mia domanda, Emma. Sei bagnata?» chiese Kane.

Ora sapevo di cosa parlasse. Quel punto in cui le mie gambe si univano, il mio luogo femminile, era... bagnato. Riuscivo a sentirne il calore, il modo in cui le mie labbra erano gonfie e ricoperte di un'essenza viscida procurata dalle parole di quegli uomini, dalle immagini mentali che mi suscitavano, dalle loro voci, dalla loro stessa presenza.

Ero circondata. Sentivo il calore dei loro corpi, il modo in cui toglievano aria alla stanza. Con gli occhi chiusi, non mi sentivo minacciata – sopraffatta, di sicuro – ma piuttosto protetta.

Con gli occhi chiusi era tutto buio, c'era solo una flebile luce arancione tremolante. Potevo chiudere fuori il resto del mondo, tutto quello che mi era successo, tutto ciò che mi circondava a parte Kane ed Ian. Le loro parole, le loro voci profonde e quasi ipnotiche con quegli adorabili accenti. Ecco perché mi sentivo libera di rispondere, di reagire a ciò che mi facevano provare.

Sentii Kane sprofondare nuovamente nella poltrona di fronte a me. In attesa.

«Sì,» dissi.

«Apri gli occhi,» mi ordinò lui.

Io sbattei le ciglia mentre guardavo prima lui, poi mi lanciavo un'occhiata oltre la spalla in direzione di Ian, il cui sguardo era scuro e pieno di desiderio. Era vicino, ad appena una ventina di centimetri da me, ma non mi toccò. Nessuno dei due l'aveva ancora fatto tranne che per quando Ian mi aveva impedito di cadere quando ero inciampata.

«Vieni qua,» pretese Kane. Indicò con la mano di fronte a sé, tra le sue ginocchia aperte, il tessuto dei pantaloni teso sulle cosce muscolose.

Mi avvicinai lentamente e mi misi dove aveva indicato. Lui incrociò il mio sguardo, poi la sua testa si abbassò, osservando i miei seni e i miei capezzoli duri, la sottoveste trasparente e le mie cosce nude.

«Allarga le gambe.»

Spostai la gamba sinistra così da divaricarle di più, la mia coscia che si scontrava col suo ginocchio, e attesi. Cosa aveva intenzione di fare? Non mi aveva ancora toccata in alcun modo. La mia modestia stava cedendo il passo alla curiosità. Nessuno dei due aveva fatto nulla per cui dovessi avere paura, dunque, col fiato sospeso, attesi.

Lentamente, lui sollevò la mano destra e me la insinuò tra le gambe, salendo sotto l'orlo della sottoveste fino a toccarmi. *Lì.*

Trasalii al contatto. Un dito mi sfiorò nella più leggera delle carezze, eppure mi sembrò di venire marchiata, poiché il calore fu bruciante. Sussultai e incrociai il suo sguardo scuro e penetrante, ma non mi mossi, timorosa che se l'avessi fatto, avrebbe potuto fermarsi. Con un tocco leggero come una piuma, lui mi passò sulle grandi labbra, lentamente, guardandomi. Sollevò un angolo della bocca con un'espressione quasi trionfante mentre esplorava la mia pelle.

«Non ti ho tenuta per mano. Non ti ho baciata. Mi piace sapere che il primo punto in cui tocco il tuo corpo sia la tua deliziosa fica.»

Quando il suo dito mi passò su un punto che pulsava, che aveva pulsato e si era risvegliato quando avevo guardato Clara ed Allen, mi sfuggì un gemito dalle labbra. Nel mio sguardo si accese la paura per quelle sensazioni illecite, per il modo in cui trovavo piacere nelle carezze intime di un estraneo. Lo sfioramento più leggero sembrava così incredibilmente... fantastico che ne avevo timore. Temevo ciò che mi stava facendo. Come poteva un uomo che non conoscevo suscitarmi sentimenti tanto carnali con la più leggera delle carezze? Non era opportuno. Era sbagliato.

Cominciai a fare un passo indietro, ma una singola parola gli uscì dalle labbra e mi immobilizzò.

«No.» In qualche modo, dopo solamente pochi minuti,

era in grado di percepire le mie emozioni. «Ti darò il tuo piacere. Non temerlo, e neanche me.» Aveva la mascella serrata, le palpebre pesanti mentre le sue dita si facevano più impudenti, dischiudendo le mie labbra e passando sulla carne gonfia e bagnata. Trovando la mia apertura vergine, ci girò attorno, accennando ad entrarvi solamente di un po', e il mio corpo gli si contrasse attorno.

«È così stretta, Ian,» mormorò.

Mi ero dimenticata dell'altro uomo.

Il dito si infilò ancora più dentro, poi scivolò nuovamente fuori per passare sulle mie labbra fino al fascio di nervi. Io esalai con forza e appoggiai le mani sulle spalle solide di Kane per tenermi in equilibrio. Le ginocchia mi si erano indebolite e avevo bisogno di aggrapparmi a lui per restare in piedi. Solamente la punta del suo dito su di me mi aveva mandata fuori fase. Perfino attraverso la giacca del suo abito elegante, riuscivo a sentire il suo calore, la sua forza.

Quando il suo dito si spostò nuovamente sulla mia apertura, un altro vi si aggiunse e due mi scivolarono dentro. Mossi i fianchi e mi sollevai sulla punta dei piedi per via di quell'attacco. La pelle mi bruciava per quanto veniva tirata, eppure era... stupendo. Riuscivo a sentire quanto fossi bagnata, il rumore delle sue dita che mi esploravano riempiva la stanza.

«Ecco.» Il suo sguardo tratteneva il mio. Non potevo guardare altrove. Sentivo la pressione e il dolore delle sue dita, mentre lui cercava di spingersi ancora più a fondo dentro di me, ma non ci riusciva. Io gli strinsi le spalle e feci una smorfia. «Riesco a sentire la sua verginità.»

«Vi...» Mi leccai le labbra. «Vi avevo detto che ero vergine.»

«Sì, sì, ce l'hai detto. Ora devo decidere cosa fare al riguardo.» Estrasse del tutto le sue dita da me ed io mi sentii in lutto, persa. Vuota.

Luccicavano ed erano viscide della mia eccitazione e guardai Kane mettersele in bocca e leccarle. «Così dolce. Come il miele.» Il suo sguardo si accese, la sua pelle rossa di desiderio. «Assaggia.»

Spalancai gli occhi. «Le vostre dita?»

Lui scosse la testa. «No. Baciami.»

Mi chinai appena e Kane percorse il resto della distanza così che la sua bocca coprisse la mia. Non fu un bacio esitante e casto, dal momento che la sua bocca si aprì sulla mia e la sua lingua mi affondò dentro. Aveva un sapore muschiato, dolce e deliziosamente maschile, forse una combinazione della mia essenza di donna e del suo sapore personale. Io mi persi nel bacio, non potei farne a meno, dal momento che era piuttosto abile. Il mio corpo si infiammò e si rilassò, la mia pelle si scaldò e si fece sensibile all'aria fresca. Finalmente, dopo un periodo che mi parve interminabile, Kane si ritrasse.

«Passati le dita sulla passera. Brava ragazza. Ora mettile in bocca a Ian. Fatti assaggiare anche da lui.»

Ritrassi la mano da in mezzo alle mie cosce tremanti e mi guardai le dita bagnate. La mia eccitazione era calda e viscida. Ian mi prese la mano e se la portò alla bocca, succhiando. I suoi occhi chiari si scurirono mentre lo sentivo succhiarmi la punta delle dita. Spalancai la bocca mentre lo guardavo.

«Sì, come il miele,» confermò, quando mi fece di nuovo abbassare la mano lungo il fianco. La sua voce era più scura, più profonda di prima, il suo accento più forte. «Sei mai venuta prima d'ora?»

Io non sapevo di cosa stesse parlando, ma non avevo dubbi che la risposta fosse no, per cui scossi la testa mentre mi leccavo le labbra.

«Allora, dal momento che sei stata una così brava ragazza, avrai un premio,» promise Kane.

Entrambe le sue mani si insinuarono sotto la mia sottoveste e sulla mia fica, o l'altra parola che aveva usato, la mia passera. Delle dita mi affondarono dentro, andando a scontrarsi con la mia verginità, mentre con l'altra mano mi si muoveva in circolo attorno e sopra al fascio di nervi che mi fece chiudere gli occhi, gettare indietro la testa e aprire la bocca per lasciarvi sfuggire un gemito di piacere.

Ecco cosa aveva provato Clara: puro e genuino piacere. Kane si stava lavorando con maestria il mio corpo come un'arma contro le mie difese mentali più forti. Una carezza di un dito ben allenato e la mia mente si svuotava di ogni ragione per cui quella cosa fosse sbagliata.

Quella era una cosa che non potevo controllare. In quel momento, il mio corpo non apparteneva a me. Apparteneva a Kane.

Scossi la testa a quella rivelazione. «No, ti prego. Ho paura,» gridai, le mie mani che un attimo prima premevano contro le sue spalle, quello dopo le afferravano e le stringevano.

«Non c'è nulla di cui aver paura, ragazza,» mormorò Ian alle mie spalle.

«Ti tengo io,» aggiunse Kane. «Sei al sicuro e, in questo momento, il tuo corpo appartiene a me.»

Era troppo. Il piacere cresceva, sempre di più. Kane era un maestro nel maneggiare il mio corpo. Avevo la pelle umida, le ginocchia deboli, i capezzoli duri. Mi sentivo avvolta dalle fiamme e ad ogni carezza delle dita di Kane, lui gettava sempre più benzina sul fuoco, fino a quando...

«Vieni, Emma,» mi ordinò Ian. «Facci vedere il tuo piacere.»

Il suo tono autorevole mi spinse oltre un qualche precipizio e mi ritrovai a cadere, cadere nel nulla. L'intensità di tutto quanto fu così grande da farmi urlare e affondare le unghie nelle spalle di Kane. Lasciandomi andare, arrendendomi a ciò che mi stava facendo, avevo trovato il piacere più meraviglioso che avessi mai pensato possibile.

Non c'era da meravigliarsi che Clara avesse aperto le gambe. Non c'era da meravigliarsi che si fosse lasciata prendere sul tavolo della cucina. Con quell'unica dimostrazione del potere di Kane, per me era già una droga. Ne volevo di più. Ne volevo ancora. Avevo *bisogno* di ciò che mi aveva appena fatto. Ancora e ancora.

Le dita di Kane continuarono ad accarezzarmi con delicatezza e a lavorarsi il mio corpo fino a quando io non trassi un respiro profondo e aprii gli occhi. Lui mi stava guardando e sollevò un angolo della bocca, facendo comparire la fossetta. «Ti è piaciuto, vero?»

Feci quasi le fusa come un gatto e non potei fare a meno di sogghignare. «Oh, sì.»

Ritirando le mani, lui mi mostrò la prova del mio desiderio, quella di cui sentivo ancora il gusto sulla lingua dopo il nostro bacio. «Mi hai gocciolato su tutte le mani. Sarai sempre bagnata per me.»

CAPITOLO 6

ANE

La semplice sottoveste che avvolgeva il corpo di Emma in maniera così seducente era più attraente di qualsiasi indumento in pizzo indossato dalle ragazze della signora Pratt. Se non avessi appena trovato la prova della sua innocenza, avrei pensato che fosse una seduttrice. I suoi capezzoli di corallo facevano capolino dal tessuto sottile, i morbidi rigonfiamenti del suo seno erano pieni sopra l'orlo semplice dell'indumento. La sua pelle era pallida e cremosa, quasi sicuramente setosa al tatto.

«Voglio vederti tutta, ragazza. Togliti la sottoveste,» le disse Ian.

Lei aveva la pelle umida e arrossata dal desiderio, gli occhi velati per via del suo primo piacere. Non c'era dubbio che fosse stato il suo primo orgasmo, dal momento che si era eccitata tanto in fretta e aveva avuto tanta paura del piacere. Eppure, quando era venuta, vi si era arresa in maniera bellissima. Emma mi guardò per un istante con quegli intriganti occhi azzurri, aggrottando leggermente la fronte liscia.

«Mostraci ciò che ci appartiene, Emma.»

Tuttavia io non avevo toccato. Non l'avevo toccata da nessun'altra parte eccetto la fica e l'averle baciato quella bocca deliziosa. La sua agitazione me la rendeva ancora più invitante e avevo provato una rapida e spietata ondata di possessività alla primissima occhiata. Quando avevo assaggiato la sua essenza dalle sue dita, il mio uccello mi aveva pulsato contro i pantaloni perché il suo odore, il sapore della sua fica mi avevano fatto venire voglia di affondare dentro di lei. Sapevo che Ian provava la stessa cosa, per quanto nessuno di noi due l'avesse espresso a parole.

L'asta della signora Pratt era nota solamente ad un piccolo gruppo di uomini che frequentava più o meno gli stessi posti di me ed Ian. Proprietari terrieri, proprietari di ranch, proprietari di miniere, magnati ferroviari le cui azioni fuoriuscivano spesso dai parametri della legge – uomini capaci di mantenere il silenzio riguardo alle proprie vite, riguardo al modo in cui loro, o i loro soci d'affari, si compravano le mogli. Io ed Ian avevamo dei segreti – ecco perché ci eravamo sistemati il più lontano possibile dall'Inghilterra in un luogo tanto remoto.

Tutti gli offerenti erano uomini ricchi che cercavano più di una breve scopata. Malcom Pierce era alla ricerca di una sposa che fosse la sua bambina, da vestire e trattare come tale, eppure da scopare come una donna. La villa di Alfred Potter a Billings era piena di domestiche donne che si occupavano di ben più che solamente della casa. Dal momento che aveva bisogno di un erede, c'era bisogno di una moglie, ma sarebbe stata solamente una delle tante donne che l'avrebbero servito a casa sua. A John Rivers piaceva dispensare dolore più che piacere e la sua sposa avrebbe dovuto essere forte di costituzione e selvaggia di spirito.

Noi avevamo sentito parlare dell'asta durante una partita a carte al piano di sotto, mentre diverse delle ragazze della signora Pratt condividevano le loro attenzioni con me ed Ian. Era stato l'invito della signora Pratt a rivendicare una sposa vergine che aveva acceso il nostro interesse, specialmente quando avevamo saputo degli altri offerenti. Un'asta di quel genere era cosa comune nel Mohamir dove eravamo stati scherati per diversi anni – un'asta per una donna educata fin dalla nascita a dare piacere a diversi mariti, a sottomettersi a loro in cambio della loro protezione tanto quanto del loro piacere. Quelle donne sapevano che gli uomini che se le fossero aggiudicate le avrebbero trattate con onore. Quell'asta non poteva offrire una garanzia simile.

Gli anni che avevamo trascorso all'estero nell'esercito avevano rafforzato la nostra idea che quell'approccio antiquato fosse, per me ed Ian, così come per un paio di altri membri del nostro reggimento, l'opzione migliore. La vita da soldati era breve; avere più di un marito offriva protezione e stabilità alla donna e ai loro figli. Quelle usanze insolite ci avevano dissuasi dal seguire i rigidi dogmi vittoriani e la morale del nostro paese. Tuttavia, erano state le azioni dei nostri superiori a farci abbandonare i ranghi, le nostre posizioni nell'esercito britannico e fuggire negli Stati Uniti.

Quando avevo posato per la prima volta gli occhi su Emma, avevo saputo che faceva per noi. Gli altri uomini si sarebbero potuti trovare la loro donna un'altra volta.

Quando fu troppo lenta nell'obbedire al mio ordine di togliersi la sottoveste, Ian fece un passo avanti, le sue dita che si tuffavano sull'orlo della barriera che ci impediva di vedere il suo corpo. Mentre le faceva scivolare il tessuto sulle cosce, lei sussultò sorpresa, ma rimase immobile.

Lentamente, Ian le sollevò il tessuto per mettere in mostra le sue gambe armoniose, i peli scuri in cima alle cosce che luccicavano di desiderio, la sua vita sottile, il ventre piatto, i seni pieni con i capezzoli larghi e duri. Il cotone morbido le si impigliò nei capelli e un lungo ricciolo si liberò quando Ian gettò la sottoveste a terra.

Vedendola nuda, seppi di aver fatto la scelta giusta. Quella era la nostra prima asta e sicuramente l'ultima. Dove la signora Pratt trovasse le sue donne da vendere non veniva mai chiesto, ma era chiaro sia a me che Ian che Emma fosse decisamente innocente. A vedere i suoi capelli scuri, la sua pelle cremosa e le delizie leggermente nascoste del suo corpo, era la perfezione. Il vedere il timore e la vergogna sul suo volto aveva fatto sì che ogni istinto protettivo e possessivo gridasse di salvarla. Il motivo era chiaro, se non altro a me. Non era fatta per gli altri uomini all'asta. Quella donna era nostra. Per cui avevo fatto la mia offerta, e ne avevo fatta una buona.

Quando il dottore si era preparato per esaminare Emma, per metterle le dita nella fica, ci avevo visto rosso. Nemmeno Ian avrebbe permesso ad un altro uomo di toccarla, specialmente adesso che ogni singolo centimetro di lei era visibile. Conoscevo bene Carmichael. Era un abile dottore che si occupava dei propri pazienti in tutta la zona, ma gli piaceva anche la carne fresca. Quella tendenza andava bene con altre donne, ma la fica di Emma era solo per me ed Ian. Volevo che le nostre mani su di lei fossero le prime. Le ultime. Ciò che avevamo in mente per lei non sarebbe sempre stato delicato, né mite o legale secondo gli standard della società, ma avremmo ucciso qualunque uomo che avesse toccato nostra moglie. Una donna del Mohamir non veniva mai abusata, mai maltrattata, ma solamente accudita. Avremmo concesso ad Emma lo stesso onore. Lei aveva paura di noi, adesso, ma una volta che avesse capito le nostre intenzioni, che fosse stata educata alle nostre usanze, avrebbe visto la nostra devozione.

Se ne restava in piedi nuda tra le mie gambe. La sua pelle

era immacolata e bianca come la porcellana ed io bramavo sentirne la setosità. I suoi seni erano pieni, a forma di goccia con dei capezzoli che bramavo succhiare e mordere. Ma nulla di tutto quello era il vero premio. Esso si trovava alla congiunzione delle sue cosce, ben nascosto tra riccioli scuri. Riuscivo giusto a intravedere le labbra rosee della sua fica, tutte gonfie e viscide dopo il mio tocco. Il suo clitoride sporgeva, un nocciolo rosa e duro che era l'epicentro del suo desiderio.

Emma sarebbe stata reattiva, non ne avevo dubbi. Poteva essersi agitata quando l'avevamo ispezionata visivamente, per poi fare un'offerta per lei, ma non poteva nascondere la propria passione. E una volta che avevo vinto l'asta e lei mi aveva guardato, ne ero stato certo. Il modo in cui i suoi occhi si erano accesi d'indignazione, frustrazione e, infine, desiderio – non mi ero sbagliato. Anche Ian l'aveva visto. Avevo riconosciuto il desiderio nei suoi occhi, nella mascella tesa, nelle mani strette a pugno, dal momento che tutte quelle azioni avevano rispecchiato le mie. Ero stato io ad averla legalmente sposata, ma Ian l'avrebbe rivendicata nel modo più elemetare ed Emma non avrebbe mai dubitato di appartenere anche a lui.

Sarebbe stata la moglie perfetta, reattiva e impaziente di darci piacere senza nemmeno rendersene conto. Aveva solamente bisogno che i suoi uomini la guidassero. Dal momento che ero stato io a mostrarle il suo primo piacere, a farle vedere come controllavo il suo corpo, era arrivato il momento che lei si occupasse di me. Il mio uccello era abbastanza duro da piantarci dei chiodi in uno steccato e la prima lezione di mia moglie sarebbe stata su come placare il mio desiderio. Dopo sarebbe toccato ad Ian.

«Hai mai toccato un cazzo prima d'ora?» chiese Ian, la voce roca.

Mi slacciai la cintura e la patta dei pantaloni. Emma piegò

la testa e mi guardò mentre io mi liberavo l'erezione. Non potei trattenere il sospiro che mi sfuggì quando uscì dagli stretti confini dei miei pantaloni.

«No,» sussurrò, gli occhi spalancati. «Sei... ce l'hai... sei così grosso.» Lanciò un'occhiata da sopra la propria spalla a Ian. Lui era ancora vestito, ma il profilo spesso del suo uccello era palese sotto ai pantaloni e seppi, dal profondo respiro che trasse Emma, che l'aveva notato anche lei.

Io sorrisi malizioso e incrociai il suo sguardo, quando si voltò di nuovo verso di me. «I voti sono stati pronunciati, Emma. Non c'è bisogno di lusingarmi.»

«Quello dovrebbe... entrarmi dentro?» Mi guardò con sorpresa tanto quanto preoccupazione.

«Ci entrerà. Ti ci *entrerà* dentro. Proprio adesso, in effetti.» Mettendole una mano in vita, la attirai a me mentre mi chinavo indietro, appoggiandomi allo schienale della poltrona. Lei trasalì mentre perdeva l'equilibrio. «Siediti a cavalcioni su di me.»

Posandomi nuovamente una mano sulla spalla, mise un ginocchio accanto alla mia coscia, poi l'altro, i suoi seni proprio di fronte al mio viso. Non potevo rifiutare un'offerta tanto allettante e mi infilai una delle punte rosee in bocca. Inizialmente fu morbida, ma si indurì subito contro la mia lingua. La sua pelle era calda, il suo sapore dolce, la sua risposta un piacere.

«Oh!» esclamò mentre la mano che le tenevo in vita la teneva ferma ed io succhiavo e tiravo il capezzolo duro. Le sue mani mi corsero alle spalle, le dita che affondavano nei miei muscoli tesi.

La sua pelle profumava di fiori e di eccitazione, una combinazione inebriante. Ad una succhiata particolarmente forte, le dita di Emma scivolarono in alto per intrecciarsi tra i miei capelli, tenendomi ferma la testa. Il fiato le usciva in piccoli ansiti mentre io le lasciavo una scia di baci da un seno all'altro, assicurandomi che entrambi i capezzoli ricevessero le stesse attenzioni. I suoi fianchi presero a muoversi di loro spontanea volontà e le sue ginocchia mi si strinsero attorno.

«È pronta,» disse Ian in tono basso. Mi guardò da sopra la spalla di Emma un attimo prima di chinare la bocca per baciarle e morderle il collo.

Mi ritrassi e vidi che i suoi capezzoli erano bagnati e di un rosa acceso per via della mia bocca. «Emma, guardami. Guardami mentre ti faccio mia.»

Le feci scivolare la mano giù dal fianco fino al sedere morbido, mentre allineavo l'uccello con la sua apertura. La punta arrotondata scivolò tra le sue labbra e si posizionò contro la sua apertura vergine ed io strinsi i denti nel sentire il suo calore rovente. Ian non smise di farle scorrere le mani sul corpo e la bocca sulla pelle in fiamme.

Emma aprì gli occhi quando mi posizionai e mi guardò, piena di incertezza. «Kane, non penso che-»

«Non pensare, amore. Senti. Senti la bocca di Ian sulla tua pelle, senti le sue mani che ti scorrono sul corpo, che ti prendono i seni.»

Lei richiuse gli occhi mentre lo faceva. «Sei troppo grande. Non ci starai. E Ian sta guardando!»

Me l'abbassai sul cazzo mentre spingevo i fianchi verso l'alto, riempiendola solamente con la punta, la sua verginità che bloccava un'ulteriore penetrazione. Lei spalancò gli occhi nel sentirsi allargare così tanto.

«Ci starò, e Ian sarà il prossimo a rivendicarti.»

Le mani di Ian fecero il giro del suo corpo per prenderle i seni e pizzicarle i capezzoli.

Lei scosse la testa e si sollevò con agitazione sulle ginocchia, opponendosi a me. «No! È troppo.»

Il suo dimenarsi non mi avrebbe fatto uscire da lei. In effetti, fu piuttosto l'opposto. Non fece che farle contrarre i muscoli interni stringendosi sulla punta del mio uccello, facendomi impazzire.

«Fermati,» ordinò Ian. Rendendosi conto che stava andando nel panico, la sculacciò, la sua pelle che tremava sotto la sua mano.

Lei si immobilizzò e urlò, sconvolta. «Mi ha sculacciata!»

«Eccome se l'ha fatto, e lo farà di nuovo se tu continui a resistere. Oh, ti è piaciuto. Ian, mi sta gocciolando addosso.»

«No, non mi piace!» urlò lei, ma la sua eccitazione che mi colava sul cazzo diceva il contrario.

Ian le diede un'altra piccola sculacciata. «Non mentire, ragazza.»

Lei contrasse i muscoli attorno alla punta del mio uccello. Strinsi i denti. «Non sei tu ad avere il controllo, qui. Ce l'abbiamo noi. Ti assicuro che il mio cazzo ci starà e che il tuo corpo è decisamente bagnato e pronto. È la tua verginità a bloccarlo. Risolvo subito il problema.»

«Ma-»

Prima che potesse protestare ulteriormente, io la spinsi verso il basso premendo con entrambe le mani sulle sue natiche, impennando i fianchi verso l'alto, con deliberata forza, rivendicandola. Aveva più paura dell'idea che dell'atto stesso, per cui risolsi subito il problema. Infransi la sua verginità con quell'unica spinta e il mio uccello le affondò dentro dall'apertura fino in fondo. Lei gridò e si irrigidì, il suo volto che si contorceva per il dolore, gli occhi spalancati per l'essere stata riempita a quel modo. Rimase immobile, ma le sue dita mi stavano scavando dei solchi nelle spalle.

La sensazione di trovarmi dentro la sua fica calda fu talmente incredibile che gemetti. I suoi muscoli interni mi spremevano l'uccello, la sua eccitazione era quasi bruciante. Riuscivo a sentire l'ingresso del suo utero premermi contro la punta dell'erezione. Ero così a fondo e lei era così stretta.

«Ci sto,» sibilai.

Deglutendo visibilmente, lei rispose, «Sì. Sì, ci stai. È tutto qui? Hai finito?» Stava ansimando, come se avesse avuto paura di respirare troppo a fondo.

«Finito?» domandò Ian, le sue mani che la tranquillizzavano come se fosse stata una cavalla agitata. «Avete appena iniziato, ragazza.»

Io sorrisi della sua ingenuità. «Ora mi devi cavalcare.»

«Cavalcarti? Ma ha fatto male.» Si imbronciò, chiaramente spaventata all'idea di muoversi.

Con le mani, la guidai, mostrandole come fare. Con ogni scivolata viscida del mio uccello contro le pareti della sua fica, mi avvicinavo all'orgasmo. Non c'era nulla che impedisse ai miei testicoli di stringersi, al mio cazzo di gonfiarsi dentro di lei. Sarebbe stata una scopata veloce; mi aveva tentato troppo.

«Oh,» sussultò lei, e il verso che le sfuggì fu di piacere, non più di dolore.

«Solo piacere d'ora in avanti, Emma,» promise Ian.

«È così stretta,» mormorai io, stringendo i denti.

Imparava in fretta, cominciò a muovere i fianchi e sollevarsi su e giù sulle ginocchia per cavalcarmi l'uccello. Io ero il suo stallone e lei era la cavalla esitante. Quando trovò il suo ritmo, io spostai le mani sui suoi seni, prendendoli e saggiando il loro peso mentre strattonavo e pizzicavo i capezzoli duri. Ian si inginocchiò dietro di lei e le fece passare una mano attorno alla vita e in mezzo alle gambe aperte per toccarle il clitoride.

«Kane, io... oh, Dio,» sospirò lei, gettando indietro la testa. I suoi capelli erano un groviglio che le ricadeva scompigliato lungo la schiena.

«Vedi, ragazza, niente più dolore. Solo piacere,» ribadì Ian, mentre le accarezzava il piccolo fascio di nervi.

«Vieni di nuovo, piccola. Vienimi sul cazzo.»

Era bravissima ad obbedire agli ordini quando la sua

mente era distratta, poiché venne a comando, i muscoli della sua fica che mi spremevano, strangolandomi l'uccello nella loro morsa pulsante. Venni anch'io, impennando i fianchi con forza dentro di lei mentre il mio uccello le riversava dentro densi fiotti del mio seme.

Era talmente stretta che quando si spostò, il mio seme le colò fuori, ricoprendole le cosce assieme al suo sangue da vergine. Lei si accasciò su di me, un peso caldo sul petto. Era lussuriosa, facile da portare all'orgasmo e decisamente rivendicata. Lanciai un'occhiata a Ian, la cui necessità di scoparsi Emma era palese in ogni fibra del suo corpo. Annuì in silenzio. Era nostra e adesso sarebbe toccato a lui.

CAPITOLO 7

AN

Il sole splendeva quando finalmente Emma si svegliò. Era su un fianco, con la schiena accoccolata al mio petto. Emise un verso dalla gola e si stiracchiò prima di irrigidirsi, ricordandosi di non essere sola. Mi ero goduto quegli ultimi minuti a fissarla, meravigliato dal fatto che fosse mia – mia e di Kane.

Dopo che Kane se l'era rivendicata la sera prima, avevamo avvolto Emma in una lunga vestaglia fornita dalla signora Pratt ed eravamo sgattaiolati nell'entrata sul retro dell'hotel. Né io né Kane avevamo avuto alcuna intenzione di trascorrere la notte nel bordello, a prescindere da quanto sarebbe stato facile trovare una stanza vuota per scoparci nostra moglie tutta la notte. Invece, me l'ero portata nella mia stanza d'albergo, senza farmi vedere. Non avevamo previsto una sposa quando avevamo fatto quel viaggio in città e la stanza di Kane si trovava in fondo al corridoio. Dal momento che lui se l'era presa per primo, era stata mia per il resto della notte. Condividere non era un'opzione, all'hotel. Noi sapevamo che la nostra usanza coniugale era nobile, ma la gente di Simms non sarebbe stata d'accordo. Una volta al ranch, tuttavia, la dinamica dei due mariti per una moglie non sarebbe stata tenuta nascosta.

Avevo spogliato Emma, che era stata troppo stanca per protestare più di tanto, e l'avevo aiutata a infilarsi sotto le coperte prima che lei si fosse addormentata subito. Non conoscevamo la storia della sua vita prima dell'asta a parte quella di un fratellastro bastardo, ma comunque fosse stata la sua giornata, l'aveva sfinita. O magari era stata la sua prima scopata a stancarla così tanto. Io avevo trascorso una lunga notte col cazzo duro e pulsante ad aspettare di rivendicarla io stesso.

«Buongiorno, moglie,» le mormorai all'orecchio. Vidi la pelle d'oca sollevarsi sul suo braccio sopra le lenzuola mentre il mio fiato le colpiva la nuca. Sorrisi contro la sua pelle morbida e arrossata.

Una volta che avevamo sentito parlare dell'asta, il nostro unico obiettivo era stato riconoscere se la donna messa in palio fosse stata in pericolo con gli altri uomini o se si fosse trattato solo di una farsa. Uno sguardo ad Emma e l'avevamo capito entrambi. Aveva avuto bisogno del nostro aiuto. Non poteva cadere nelle mani degli altri. Sarebbe stata nostra.

Era stato molto tardi quando Kane finalmente se l'era scopata ed io l'avevo guardato prendersi la sua verginità. L'espressione sul suo volto quando era stata violata dall'uccello di Kane me la sarei ricordata per sempre – lo sguardo sorpreso, una traccia di dolore e l'immediata consapevolezza di essere stata rivendicata. Quando era venuta cavalcandolo, con la testa gettata all'indietro e i capelli scuri che le ricadevano sulla schiena, i seni in fuori, era stata la cosa più bella che avessi mai visto.

Mentre la guardavo dormire durante la notte, avevo

riflettuto sulla sua sicurezza. Mi rassicurava sapere che Kane ci sarebbe stato per lei se quel bastardo di Evers mi avesse scovato. Avevamo attraversato un oceano e un continente per evitare quell'uomo e i crimini di cui mi aveva accusato anni prima. Gli altri del reggimento che si erano uniti a noi nel Territorio del Montana avevano anche loro la reputazione rovinata e avevano perso le loro posizioni nell'esercito, ma non erano ricercati come me. Io sapevo, dentro di me lo sapevo, che Evers mi avrebbe trovato. Mi avrebbe trovato e mi avrebbe trascinato in Inghilterra per un processo. Non c'era dubbio che sarebbe successo presto. Trovare una moglie e sistemarmi godendomi la felicità che sapevo ne sarebbe conseguita era un lusso che Evers avrebbe trovato il modo di negarmi. Per cui, il mio tempo con lei sarebbe stato quasi sicuramente breve e mi rassicurava sapere che Emma sarebbe stata al sicuro con Kane.

C'erano state molte altre donne, per Kane e per me, ma non c'era dubbio che Emma fosse diversa. Non solo risvegliava ogni mio istinto sessuale al punto che i testicoli mi facevano male per l'impazienza di prenderla, ma anche ogni desiderio protettivo e possessivo che avevo. Non era una donna da scopare e abbandonare. Lei era una donna da accudire, da proteggere, da possedere e da dominare. Le feci scorrere le dita sui riccioli scuri, morbidi come la seta. Era così delicata. Dolce. Dannatamente sexy. Scoparcela non sarebbe stato abbastanza. Avremmo speso del tempo ad insegnarle come venire incontro ad ogni nostra necessità e al suo stesso piacere. Era questo che facevano i mariti per la loro moglie. Era nostro compito e nostra responsabilità.

Lei cominciò a muoversi e fu il momento di farla mia. Finalmente! Più tardi, sarebbe iniziato l'addestramento. Avevo l'uccello che pulsava contro la curva delle sue natiche. Quando lei si irrigidì tra le mie braccia, riconoscendo il fatto di non essere sicuramente sola e di essere decisamente nuda, io mi spostai così da averla sdraiata sotto di me, i suoi seni morbidi a premermi contro il petto, i suoi capezzoli che si indurivano al contatto. Insinuai una gamba tra le sue e sentii il calore della sua fica contro la mia coscia.

«Oh,» trasalì sorpresa. Sollevò le mani per spingermi contro il petto. Era così adorabile quando si svegliava, i capelli scuri sparsi sul cuscino, gli occhi chiari velati dal sonno.

«Ti aspettavi Kane?»

Lei annuì circospetta, leccandosi le labbra. Io trattenni un gemito all'idea di cosa avrebbe potuto fare quella lingua rosea.

«Non temere alcuna gelosia o l'ira di Kane. Sei mia moglie proprio come sei la sua e lui si aspetta che tu venga scopata per bene prima di prendere la diligenza. Da me.»

Lei spalancò gli occhi alle mie parole. Non avevo intenzione di addolcirle per via della sua innocenza. Avrei parlato e agito secondo come intendevo procedere. Sarei stato gentile, tuttavia avrebbe saputo che ero io a dominare. Muovendo i fianchi, le premetti col pene contro l'interno coscia. La pelle in quel punto era così morbida e setosa che me lo fece pulsare.

«Dobbiamo alzarci per prendere la diligenza, ma prima, ti scoperò, ti farò mia proprio come appartieni a Kane.» La mia voce era profonda e carica di desiderio. «Ogni mattina fintanto che sarai ancora nel letto, Emma, verrai scopata da me o da Kane, o da entrambi insieme. Fidati quando ti dico che non vedrai presto l'ora, proprio come noi. Per adesso, lascia che ti prepari.» Le allargai le gambe e abbassai una mano tra di esse per testare quanto fosse pronta. Lei sussultò sorpresa e mi spintonò, cercando di spingermi via. Aveva cavalcato Kane quando se l'era presa lui. Quella era la prima volta che si trovava sotto ad un uomo. Avrei dovuto andarci piano, risvegliare il desiderio nel suo corpo proprio come si era risvegliata dal sonno. Quando trovai il suo clitoride, la sua reticenza svanì, mentre le mani le ricadevano lungo i fianchi.

Tenendomi sollevato su un braccio, io mi chinai a baciarla, sfiorando la sua morbidezza con le mie labbra per poi infilare la lingua in bocca a toccare la sua. Giocai con la sua fica bagnata e le accarezzai il clitoride durante il bacio. Lentamente. Con calma. Sentivo ogni muscolo teso nel suo corpo rilassarsi, sentivo la sua pelle scaldarsi sotto il mio tocco. Le scostai i capelli dal viso e poi spostai i baci lungo la sua mandibola fino all'orecchio, leccandoglielo.

«Mmm,» sussurrai, il mio uccello che si induriva dolorosamente quando la trovai gocciolante. Il suo calore praticamente mi bruciava le dita. «Sei bagnata dal seme di Kane. Adoro sapere che la tua fica è piena così. Tocca a me aggiungerne. È tutta la notte che aspetto di farti mia.»

«Perché...» Si schiarì la gola. «Perché non l'hai fatto ieri sera?» sussurrò, piegando la testa di lato per darmi maggiore accesso al suo collo così che potessi mordicchiarlo dove sentivo il battito frenetico del suo cuore. Aveva un profumo così dolce. Allettante. Mi stava stringendo con forza i bicipiti tra le mani. «Stavi dormendo, Emma. Ti voglio bella sveglia quando scopiamo.» Mi spostai tra le sue cosce, allargandole con le mani. «Quando esclami il mio nome. Kane può anche essersi preso la tua verginità, ma tu sei anche mia.»

Abbassai lo sguardo sul suo corpo, notai i suoi capezzoli duri e dovetti assaggiarli. Vi passai avido la lingua sopra per poi prenderne uno direttamente in bocca mentre lentamente, con delicatezza, le infilavo un dito dentro.

«Ian!» urlò lei, ed io adorai sentire il mio nome sfuggirle dalle labbra, specialmente in un tono tanto eccitato. Passai da un seno all'altro, lo sfregamento della mia barba che si lasciava dietro una traccia rossa sulla sua pelle. Era così delicata, quasi sensibile, eppure volevo scoparmela con forza.

L'uccello mi faceva male dal desiderio di affondare dentro il suo delizioso calore. Visto il modo in cui i suoi muscoli interni si stavano stringendo sul mio dito, sapevo che sarebbe stata stretta e perfetta attono al mio cazzo.

Cominciò a muovere i fianchi, la pelle arrossata e umida, le cosce decisamente bagnate. Era pronta.

Sollevando la testa, abbassai lo sguardo sul suo e vidi solamente piacere nei suoi occhi. Nessun timore, nessun dolore, nulla a parte desiderio. Chinando la testa, la baciai mentre allineavo la mia erezione per premerle contro l'apertura stretta e le scivolai dentro in un'unica spinta profonda. Deglutii il gemito che le sfuggì dalle labbra. Era così stretta, il suo corpo si serrava attorno a me come una morsa, fremente. Le sue mani si aggrapparono alla mia schiena, le dita che affondavano nella pelle mentre io cominciavo a muovermi. Nessuno dei due riusciva più a dedicarsi al bacio, concentrati com'eravamo solamente sul modo in cui eravamo connessi, su come ci faceva sentire. Io le afferrai le natiche, la sollevai così da riuscire a penetrarla ancora più a fondo. Completamente.

Lei inarcò la schiena e gettò indietro la testa mentre la prendevo. Il respiro le usciva in piccoli ansiti, aveva gli occhi chiusi.

«Guardami, ragazza.»

I suoi occhi azzurri si aprirono mentre io continuavo a spingermi dentro di lei. Aveva di nuovo posato le mani sul mio petto e cercava di spingermi via. Di attirarmi a sé. Non riusciva a decidere.

«Non è giusto,» gemette, la fronte leggermente aggrottata, un'espressione di confusione mista a piacere sul volto.

«Che cosa?» gracchiai.

«Questo. Tu. Kane.» Esalava ogni volta che la riempivo.

«Stai per venire, piccola. Riesco a sentire i tuoi muscoli che mi spremono. Che vergogna provi del tuo piacere quando è tuo marito a fornirtelo?» Il sudore mi imperlava la fronte mentre mi trattenevo dal venire fino a quando non l'avesse fatto lei. Ci era vicina, era proprio al limite, ma stava pensando troppo.

«Non posso desiderare due uomini. Mi rende... mi rende una meretrice.»

Io sogghignai alle sue parole. Ci voleva entrambi e la cosa mi dava immensamente piacere. L'orgasmo mi montò alla base della spina dorsale riempiendomi i testicoli. Il seme praticamente mi stava ribollendo dentro ed era pronto ad uscire. Non essendo in grado di attendere oltre, spostai una mano tra noi due così da poterle sfregare il pollice sul clitoride. Privarla delle sue inibizioni, dei suoi dubbi circa l'avere due mariti, non era una cosa che potessi risolvere in quell'istante. Ma potevo darle piacere, farle vedere quanto potesse essere bello, non solo con Kane, ma anche con me. Avrebbe saputo che eravamo entrambi ben soddisfatti di lei, e che lei lo sarebbe stata a sua volta. Per cui mi lavorai più in fretta il suo clitoride mentre la riempivo più e più volte. Una goccia di sudore cadde dalla mia fronte su un suo seno.

«No, non una meretrice. Ti rende una moglie,» praticamente ringhiai mentre lei veniva. Dovetti coprire ancora una volta la sua bocca con la mia per smorzare il suo grido. Volevo tenere il suo piacere tutto per me, come un dono segreto che non avrei condiviso con nessuno, soprattutto con gli altri ospiti dell'hotel lungo il corridoio. Poteva anche essere modesta e a disagio con la propria passione, ma quando si liberava delle proprie inibizioni, era incredibile. Così reattiva, così sensibile. Il mio stesso orgasmo non poteva essere trattenuto oltre e il mio seme si unì a quello di Kane. Il mio istinto basilare di rivendicarla, di marchiarla, di riempirla fu saziato.

CAPITOLO 8

AN

«Come avete fatto a riservare la carrozza tutta per noi?» domandò Emma, il suo corpo che si spostava e ondeggiava seguendo i movimenti per nulla ammortizzati della diligenza. Era seduta di fronte a noi, la postura eretta, le mani strette decorosamente in grembo. Non era stata decorosa un'ora prima. L'unico segno esteriore che fosse stata appena scopata era un leggero rossore sulle guance.

«Soldi,» risposi io. Le ante in cuoio erano aperte solamente su un paio delle finestre per minimizzare la polvere e all'interno faceva caldo. Noi tre eravamo soli, un bel gruzzolo all'autista ci aveva assicurato privacy per tutta la durata del viaggio, non che ci fosse molto spazio per altri passeggeri.

Emma indossava un abito in seta blu, il corsetto con lo scollo abbastanza basso da mostrare i rigonfiamenti pieni del seno che sporgevano oltre il bordino in pizzo. Le maniche erano lunghe e la vita stretta. Il tessuto e il colore erano decadenti e poco adatti a viaggiare, ma di certo mettevano in risalto gli occhi di nostra moglie e altri attributi. La signora Pratt aveva fatto come avevamo richiesto e aveva consegnato qualcosa da indossare all'hotel, ma non era stato affatto funzionale. Quando Emma aveva domandato cosa ne fosse stato del suo abito decisamente più pratico che aveva indossato al suo arrivo al bordello, la signora Pratt si era limitata a rispondere che l'abito alternativo avrebbe potuto soddisfare di più me e Kane. Di certo ci teneva concentrati sul suo corpo. L'espressione di apprezzamento dell'autista non era passata inosservata né a me né a Kane. Non eravamo gli unici a trovare Emma bellissima.

«Dov'è che siamo diretti?» domandò lei, lo sguardo rivolto ai finestrini.

«Travis Point» le disse Kane. «Da lì, cavalcheremo poi fino a Bridgewater, il nostro ranch, a dorso di cavallo. Abbiamo un paio d'ore da riempire e ci sono molti modi piacevoli per passare il tempo.»

Era seduta direttamente di fronte a me, le nostre ginocchia che ogni tanto si scontravano. «Modi piacevoli? Intendi dire ciò che abbiamo fatto la notte scorsa?» Il suo sguardo si spostò ad incrociare quello di Kane, poi il mio. «O ciò che abbiamo fatto prima?»

Il sole girò e riempì la carrozza, inondando il corpo di Emma di un fascio di luce accecante. Era così adorabile, così invitante quando ci guardava con tali espressioni interrogative. Sapere che l'avevamo salvata da un destino molto meno attraente rendeva la sua innocenza ancora più preziosa.

«Ci sono così tante altre cose, ragazza. Slacciati i bottoni dell'abito e facci vedere i tuoi bellissimi seni,» le ordinai.

Lei spalancò la bocca abbassando il labbro inferiore carnoso e si guardò attorno. «Qui? Adesso?»

«Siamo piuttosto soli, al momento, e voglio vedre i tuoi belissimi seni. Kane?»

«Sì. I tuoi seni sono stupendi e non dovresti nasconderceli.»

«Ma-»

«Non opporti, piccola. Ci soddisferà vederti così,» protestò Kane, il tono della sua voce che si faceva autoritario. Se volevamo vedere i suoi seni, nulla ci avrebbe fermati.

Doveva aver percepito il tono aspro della sua voce perché sollevò le dita per slacciarsi i piccoli bottoni che le correvano lungo il bustino. Lentamente, i due lati si aprirono, rivelando il corsetto bianco. Mi ero assicurato di stringerglielo bene quando l'avevo vestita, tirando forte i lacci così che i suoi capezzoli si trovassero appena sotto l'orlo. Infatti, riuscivo a vedere la parte superiore di una punta rosea e tonda farvi capolino.

«Solleva i seni, falli uscire,» le dissi. Apparteneva ad entrambi – in ogni cosa – e prima si fosse abituata ad avere due uomini da soddisfare, meglio sarebbe stato. Due uomini da soddisfare, due uomini a cui obbedire. Il ranch era un luogo piuttosto aspro, dove i pericoli abbondavano. I terreni erano aspri e accidentati. *Noi* eravamo aspri. Ci avrebbe obbedito in camera da letto per il suo piacere e al di fuori di essa affinché la tenessimo al sicuro.

Mentre sosteneva il mio sguardo, lei si tirò giù la parte frontale del corsetto per sistemarsela sotto la curva dei seni. Prendendoseli in mano, si sistemò la pelle morbida finché non fu totalmente esposta. Con il corsetto stretto al di sotto, le sue rotondità cremose restavano ben sollevate e spinte in fuori, i capezzoli rosei e pieni che puntavano dritti verso di noi. Sapevo che sapore avessero, che sensazione mi dessero contro la lingua. Mi venne l'acquolina in bocca al pensiero di succhiarli di nuovo, ma volevo qualcos'altro da lei, prima.

«In ginocchio, ragazza.» Indicai con il mento il pavimento tra le mie gambe larghe.

«Ian,» protestò lei, lo sguardo che saettava a destra e a sinistra, ma io inarcai un sopracciglio.

«Potrei sculacciarti se disobbedisci a Ian, ma finiresti comunque in ginocchio davanti a lui,» disse Kane.

Lei spalancò gli occhi sorpresa dalle sue parole. «Disobbedire? Vuoi dire-»

«Sì, ti sculacceremmo,» ribadì Kane.

Leccandosi le labbra, lei scivolò giù dalla panca, si inginocchiò sul pavimento di legno e posò le sue piccole mani sulle mie cosce. Ondeggiava ad ogni movimento della carrozza, il volto sollevato per guardarmi con dolce innocenza. In quella posizione, era una magnifica visione.

Abbassando la testa, la baciai, ma solo brevemente e in maniera casta. Avrei voluto approfondire il bacio, ma la aspettava una lezione sul succhiare cazzi e non volevo distrarla. Non volevo che nulla ritardasse la sua piccola bocca seducente dal chiudersi attorno al mio uccello. Lei aveva la pelle arrossata, i seni di fuori in bella mostra e lo sguardo innocente di chi non sapeva cosa sarebbe accaduto. Adoravo la sua posizione sottomessa tra le mie gambe, la sua bocca a pochi centimetri dal mio-

«Tirami fuori il cazzo.» Le mie parole furono profonde, il mio desiderio palese non solo nella mia voce, ma nella spessa erezione che mi premeva contro i pantaloni.

Con piccole dita esitanti, Emma mi aprì la patta dei pantaloni e me lo tirò fuori. Ce l'avevo incredibilmente duro, dalla punta fuoriusciva del liquido trasparente in un flusso continuo. Me l'ero scopata solamente un'ora prima, eppure ero pronto a prendermela di nuovo. Quale uomo sarebbe riuscito a resistere ad una moglie in ginocchio di fronte a sè?

«Prima lezione, ragazza, sul succhiare cazzi.»

Lei spalancò gli occhi quando comprese la mia terminologia volgare. «Come?»

«Lecca la punta. Vedi come sta gocciolando per te? Puliscila.»

Lo fece. La sua piccola lingua delicata mi leccò, girando attorno alla punta a prugna. Io sibilai tra i denti a quel gesto sensuale.

«Che sapore ho?»

Guardai la sua gola muoversi mentre deglutiva. «Salato.»

«Brava ragazza. Adesso prendilo tutto in bocca.»

Come le avevo indicato, lei mi avvolse nel suo calore fin dove riuscì, il che non fu poi tanto lontano, la riempii solamente per metà. Spalancò gli occhi e tossì, ritraendosi. «Sei troppo grande!» annaspò, con le lacrime agli occhi.

«Ce la farai presto, ragazza. Te la stai cavando bene. Per ora, prendimi fin dove riesci.»

Lo fece, leccando e succhiando con una dolce innocenza che mi fece impennare i fianchi dal sedile.

«Afferra la base.» Strinsi i denti quando lei mi chiuse le dita attorno. «Bene,» ringhiai. «Adesso scopati il mio cazzo con la bocca.»

Abbassando la testa, lei mi prese in bocca finché riuscì senza provare disagio, poi si ritrasse, ancora e ancora. La sua bocca era così bagnata e così calda che praticamente mi bruciava la pelle. Era così impaziente, così ansiosa di obbedire alle mie istruzioni che mi si strinsero i testicoli, l'orgasmo che si avvicinava.

«La sua bocca è stretta e perfetta tanto quanto la sua fica,» dissi a Kane, gustandomi la sua morsa deliziosa. Non sarei durato a lungo, la necessità di venire era troppo intensa.

«È proprio una brava ragazza,» la elogiò Kane mentre guardava Emma prendersi il mio uccello. La sua mano grande le corse sulla testa, accarezzandole i capelli setosi per rassicurarla.

Io chiusi gli occhi e mi abbandonai al piacere della sua lingua esitante, delle leccate sensuali, del suo dolce succhiare fino a quando non ci fui quasi. «Sto per venirti in bocca, ragazza. Devi prenderlo tutto. Il nostro seme deve starti dentro. La tua fica, la tua bocca, il tuo culo. Mandalo giù tutto.»

Impennai i fianchi per andare incontro alle attenzioni della sua bocca e finii con il provare il più intenso degli orgasmi, tanto che gemetti, stringendo con le dita il bordo della panca dura, mentre il mio seme si riversava contro il fondo della gola di Emma. Fiotto dopo fiotto, le pulsai contro la lingua. Lei mi stava prosciugando mentre cercava di deglutire il mio seme. Tutto ciò che riuscì a fare con la sua inesperienza fu strozzarsi col mio seme abbondante prima di ritrarsi dal mio uccello, con gli ultimi getti bianchi che le schizzavano sui seni scoperti. Il mio orgasmo era stato esplosivo e non sembrava avere fine. Un po' del liquido denso le colava dal mento e una grossa goccia spessa le cadde su un capezzolo. Quella vista erotica di lei marchiata a quel modo impedì al mio uccello di rammollirsi.

Aveva fatto un lavoro impressionante, per quanto disordinato. Ero venuto in fretta e mi ero goduto la sua prima scopata di bocca, il mio corpo soddisfatto. Dovetti riprendere fiato, poichè aveva la capacità di rendere inutile il mio corpo fino a quando non fossi riuscito a riprendermi.

Nonostante fosse stata stupenda, c'era una lezione che Emma doveva imparare, lì, ed io non potevo evitare di insegnarle ciò che ci aspettavamo da lei solo per via della sua impazienza nel darci piacere. Tuttavia, ero troppo sazio per fare qualunque cosa, sopraffatto dall'annebbiamento post orgasmo e dal desiderio. Il mio pene mi stava appoggiato, semieretto, ai pantaloni aperti, bagnato e luccicante per via della bocca di Emma. Feci scivolare le spalle contro lo schienale del sedile seguendo il movimento della diligenza. Per fortuna, Kane riconobbe il mio stato di sazietà e prese lui il comando.

Scosse la testa deluso.

Lei sollevò lo sguardo su di lui attraverso le ciglia mentre sollevava la mano per ripulirsi il mento.

«Non farlo,» le disse lui. Si chinò in avanti e le passò un dito sul seme che si stava seccando, offrendoglielo. «Lecca.» Le sue labbra si chiusero attorno al suo dito e lei lo succhiò come se fosse stato un cazzo. «Hai disobbedito, Emma.»

Le infilò un secondo dito in bocca assieme al primo, facendoli scorrere dentro e fuori come avevo fatto io col mio uccello. Lentamente, si spinse sempre più in fondo fino a quando non andò a scontrarsi col suo riflesso istintivo di soffocamento. Premendo contro la sua lingua, tenne ferme le dita. «Devi abituarti al prendere un cazzo. Fino in fondo.»

Lei gli strinse le mani attorno ai polsi, gli occhi sgranati per la paura. Stava respirando, l'aria che le entrava e usciva rapidamente dal naso, ma stava contrastando lui e la reazione innata per l'avere qualcosa così a fondo dentro la bocca.

«Ssh. Abituati,» mormorò Kane, il suo tono che la tranquillizzava. Dopo solamente un paio di secondi, lui si ritrasse, togliendole le dita dalla bocca.

«Non hai mandato giù il suo seme, piccola.» Abbassò lo sguardo sui suoi seni nudi e sul liquido viscoso sparso in getti casuali sulla pelle pallida. Mi piaceva vedere il mio seme marchiarla a quel modo, un segno di possessione.

Emma abbassò la testa per guardarsi. «Mi dispiace, Kane, Ian, ma era troppo. Mi... mi ha sorpresa.»

Aveva ragione; il mio seme era stato tantissimo. La sua bocca seducente me lo aveva estratto tutto.

«È tuo compito fare ciò che ti diciamo e tu non l'hai fatto.»

Lei si accigliò. «Non avevo idea che sarebbe stato così...

abbondante. Ora so cosa aspettarmi, dunque farò meglio la prossima volta.»

Kane le accarezzò nuovamente i capelli e lei piegò la testa verso la sua carezza, chiaramente godendosi, e perfino bramando, quell'affetto. «Certo che lo farai, ma devi essere punita.»

Lei si sedette sui talloni, aggrottando la fronte. «Punita? Perché?»

«Perché non hai ingoiato il seme di Ian.»

«Ma-»

Lui sollevò una mano e lei si zittì. Estraendo un fazzoletto dalla tasca del proprio soprabito, Kane glielo passo sui seni, spargendole addosso il mio seme.

«Vienimi in grembo, per favore.»

CAPITOLO 9

*J*AN

Lei scosse la testa. «Kane, no. Farò la brava.»

«Sei stata una bravissima ragazza, a succhiargli il cazzo, ma non prendiamo alla leggera la disobbedienza. Non ci troveremo più in una grande città, bensì in un ranch selvaggio. Seguire le regole ti può salvare la vita, dunque dobbiamo sapere che ci obbedirai in ogni cosa. È nostro compito tenerti al sicuro, ma tuo compito ascoltarci così che possiamo farlo. Ora, sulle mie ginocchia.» Rese la voce più profonda e lo sguardo più severo.

Lei lanciò un'occhiata a me, forse in cerca di un'assoluzione.

«Il tuo ritardo ha aggiunto altre cinque sculacciate da parte di Kane,» le dissi io. «Vuoi attardarti oltre e farle salire a dieci?»

Lei si affrettò ad obbedire, rendendosi conto che le conseguenze stavano crescendo. Quando si mise in maniera corretta, col ventre premuto contro le cosce di Kane, i suoi piedi toccavano a malapena il pavimento della diligenza da un lato mentre i capelli la nascondevano come una tenda dall'altro. Riuscivo a vedere i suoi seni puntare verso il basso, i capezzoli duri. Dovetti spostare le gambe per farle posto. Sollevandole l'abito, Kane glielo arrotolò in vita. Le sue gambe erano ricoperte da delle calze con dei nastri azzurri ad assicurargliele attorno alle cosce. Le sue mutande, tuttavia, erano un ostacolo.

Utilizzando entrambe le mani, Kane strappò il tessuto delicato mettendo in mostra le sue tonde natiche pallide. L'aveva posizionata in maniera strategica così che anch'io potessi vederla per bene. Lasciò cadere il tessuto lacerato sul pavimento di legno sotto la sua testa così che lei potesse vederle. «Niente più mutande, piccola. La tua fica ci deve essere accessibile in qualunque momento. Allarga le gambe, per favore.»

Scosse la testa ribellandosi.

Kane la sculacciò, il suo palmo che si posava in un colpo secco contro la sua natica sinistra.

«Kane!»

Lei trasalì e gridò più per la sorpresa che per il dolore. Il colpo non era stato eccessivamente forte; era stato più che altro un avvertimento e un'introduzione alla vera punizione.

Rendendosi rapidamente conto che Kane faceva decisamente sul serio, lei allargò le gambe ed io riuscii a vederle chiaramente la fica mentre lui cominciava a sculacciarla. Nonostante fossi appena venuto, l'uccello mi si rizzò a quella dolce visione, le sue labbra in quel punto rosse e gonfie per essere stata scopata due volte. «Conta, per favore.»

Ogni colpo finiva su un punto diverso del suo sedere inviolato, la pelle che si faceva di un rosa acceso, ma che si scuriva subito mentre lei contava. Era la cosa più eccitante che mai da vedere. Quando contò la terza sculacciata, stava piangendo, tuttavia aveva smesso di opporsi. Invece di scalciare e dimenare i fianchi, si era arresa e aveva accettato la punizione, il suo corpo abbandonato. I colpi di Kane non erano troppo forti, ma servivano solamente a farle imparare le conseguenze delle sue azioni. Sarebbe stata sculacciata ogni talvolta che ce ne fosse stato bisogno, specialmente se avesse fatto qualcosa che avrebbe messo in pericolo la sua incolumità.

Vederla accettare di aver sbagliato era dolcissimo. La sua sottomissione era stupenda ed io ero molto contento. Senza dubbio lo era anche Kane.

«Quindici,» singhiozzò lei.

Delicatamente, Kane le accarezzò la pelle arrossata, tranquillizzandola con le proprie parole. «Ti sei comportata benissimo, dolcezza, accettando la tua punizione come una brava ragazza.»

Una volta che si fu calmata, il respiro regolare e lento, Kane la aiutò ad alzarsi e a sedersi nuovamente sulla panca di fronte a noi, scostandole i capelli dal volto e baciandole dolcemente la fronte. Era stata una sculacciata docile e si sarebbe ripresa in fretta, tuttavia il sedile scomodo e il viaggio pieno di sobbalzi non le avrebbero permesso di dimenticarsi della sua trasgressione.

«Solleva i piedi sulle nostre ginocchia,» dissi io.

Lei mi guardò accigliata, per cui io mi diedi una pacca sulla gamba piegata nel punto in cui intendevo. «Dammi un piede.» Allungai le mani, palmi all'insù.

Lei sollevò un piede ed io me lo misi davanti al ginocchio. Una volta che ebbe visto che cosa mi aspettassi, mise l'altro piede nella mano di Kane e lui se lo posò contro il proprio ginocchio. Quella posizione le aveva fatto scivolare il sedere più in basso sulla panca fino a farlo sporgere dal bordo, così che la maggior parte del suo peso non posasse sulla pelle indolenzita.

«Ecco. Va meglio, non è vero? Ti farà male il sedere per un po', ma stare seduta così allevierà il disagio,» dissi, accarezzandole il polpaccio coperto dalla calza.

Era anche una posizione decisamente poco da signora, con le spalle curve, le gambe aperte, i seni scoperti e in bella mostra. Il mio seme le si era seccato addosso lasciandole un velo screziato sulla pelle cremosa. Emma era di certo una signorina, ma né io né Kane eravamo dei gentiluomini, se non altro non quando ci trovavamo da soli con lei. «Solleva la gonna. Fammi vedere la fica, o come dicono da queste parti, la passera.»

Quando lei non obbedì alla mia richiesta, io inarcai un sopracciglio. Lei abbassò lo sguardo e obbedì, sebbene fosse evidente che non le piacesse quell'azione. Lentamente, le sue dita tirarono su il tessuto di seta blu fino ad arricciarselo in vita. Io allargai il mio ginocchio, il che le fece aprire ancora di più le gambe. Potevamo approfittare alla perfezione del suo corpo.

«Sei così bella, Emma. Ogni centimetro del tuo corpo.» Non potei non fissare la sua deliziosa fica e il modo in cui le sue cosce cremose erano perfettamente accessibili sopra l'orlo delle calze.

Lei arrossì e afferrò con le mani il bordo del sedile, le nocche che sbiancavano.

«Non la pensi così?» domandai.

Lei sembrò sconvolta dalla mia domanda. «Ho i seni in mostra, le gambe aperte e voi riuscite a vedere... tutto!»

Sogghignammo entrambi.

«Il tuo corpo appartiene a noi e lo guardiamo come e quanto ci pare. Hai la fica tutta gonfia per via dei nostri cazzi, le labbra sono aperte. La tua eccitazione è evidente, ragazza. Tu dubiti di me, ma le tue cosce luccicano del tuo desiderio. Ti è piaciuta la sculacciata.»

Cercò di chiudere le gambe, ma io le afferrai una caviglia e Kane l'altra. «Non è vero!» rispose, piena d'indignazione.

«Il tuo corpo non mente, dolcezza,» disse Kane. «Hai i capezzoli duri.»

Lei strinse le labbra, gli occhi accesi di rabbia.

«Ti è permesso fartelo piacere, ragazza,» le dissi io, in tono rassicurante.

«Mi è permesso?» La sua voce era intrisa di sarcasmo.

«Sì. Ti è permesso avere piacere di mostrare la tua bellissima fica ai tuoi uomini. Ti è permesso eccitarti per questo, dal momento che noi di certo lo siamo. Toccati. Fatti venire.»

«Cosa?» squittì lei.

«Toccati la fica con le dita fino a venire.»

«Non voglio,» ribattè lei mentre scuoteva la testa.

«La tua mente non vuole, ma il tuo corpo ha un bisogno disperato di un orgasmo. Come ho detto, ti è permesso fartelo piacere. In effetti, non hai scelta. Starai così fino a quando non verrai. Immagino che siamo vicini a Travis Point, il che significa che la diligenza si fermerà.»

«Ma l'autista!» esclamò lei.

Non avremmo mai condiviso quella vista del suo corpo delizioso con un estraneo come l'autista della diligenza. Il suo corpo era prezioso. *Lei* era preziosa per noi. «Sta a te scegliere. Facci vedere come ti dai piacere o beccati un'altra sculacciata.»

Lei cercò di tirare via le caviglie dalla nostra presa, ma noi non la lasciammo andare. Era ora che imparasse ad obbedirmi. A entrambi. La punizione sarebbe stata immensa per via della sua ostinazione, ma avrebbe imparato in fretta che le avremmo sempre dato piacere quando avesse fatto la brava.

«Cinque minuti fino a Travis Point! Cinque minuti,» urlò l'autista, la sua voce forte perfino nonostante il baccano delle ruote.

Emma sussultò sorpresa e la sua mano destra corse alla sua fica, le dita che vi sfregavano sopra in maniera inesperta.

«Trovati il clitoride,» la indirizzò Kane. Volevamo che ce la facesse. Si era meritata un bell'orgasmo. Volevamo guardarla mentre veniva poichè era una visione stupenda. «Ricordi quel punto che ti ho toccato ieri con le dita? Sì, vedo che l'hai trovato. Ora, piccoli cerchi. Proprio così.»

Potevamo costringerla a darsi piacere da sola, ma ciò non significava che non l'avremmo guidata. Non aveva esperienza ed era nostro compito dirle cosa fare.

La sua fica era bagnata e scivolosa e presto le sue dita si fecero lucide e piene della sua eccitazione. Lei chiuse gli occhi e si rilassò sul sedile, arrendendosi alle nostre richieste e concentrandosi sulla sua fica.

«Brava ragazza. Riusciamo a vedere cosa ti fa stare bene. Oh, piccoli cerchi sul clitoride? Che mi dici della tua fica, della tua passera, la senti vuota? Puoi farci scivolare dentro le dita dell'altra mano, sai. Sì, così.» Le parlai per tutto il tempo in cui lei si diede piacere. I suoi capezzoli si ammorbidirono, la schiena si inarcò e la sua bocca si dischiuse ed io seppi che c'era quasi. Era stupenda da vedere e forse l'avremmo fatta sedere così in bella mostra ogni volta che ci fossimo trovati su una diligenza.

«Vieni per noi, ragazza. Mostraci il tuo piacere.»

Lei scosse la testa, la mano che continuava a muoversi. «Non posso, non ci riesco!» urlò.

Kane si spostò, posando il suo piede sul bordo della nostra panca e andando a sedersi accanto a lei. Le fece scorrere le mani sui capezzoli e vi giocò, mentre si chinava verso di lei per mormorarle all'orecchio. «Lasciati andare e vieni, piccola. Non sta a te decidere. Non deve piacerti quello che stai facendo, ma ti è concesso provarne soddisfazione. Senti il piacere sapendo che ti stiamo guardando. Sei bellissima. Brava ragazza.»

Il suo corpo si irrigidì e lei spalancò gli occhi sorpresa. Urlò mentre veniva, la schiena che si inarcava, le dita che scivolavano insistentemente sul suo clitoride. La sua pelle arrossì fino ai seni, lucida di sudore. Quando il suo corpo smise di tremare, quando il suo cuore rallentò i battiti, lei rimase accasciata sul sedile, gli occhi chiusi e un piccolo sorriso sulle labbra. La mano era posata sulla fica, le dita che luccicavano. Noi le tenemmo entrambi una caviglia e ci godemmo quella vista fino a quando la carrozza non cominciò a rallentare. Non c'era nulla di meglio di una donna sazia e soddisfatta dal proprio piacere, specialmente quando quella donna apparteneva a noi.

CAPITOLO 10

MMA

La cavalcata da Travis Point fino al ranch degli uomini durò diverse ore. Non ero sicura dell'effettiva durata, ma mi sembrò interminabile. Avevo male... lì, per via della sculacciata, ma anche dentro di me dove una volta c'era stata la mia verginità. Mi avevano permesso di riabbottonarmi la parte frontale dell'abito così da sembrare una donna modesta e contegnosa all'autista e ai passanti, sebbene io conoscessi la verità.

Kane aveva insistito affinché cavalcassi in braccio a lui dal momento che si sarebbe andati solamente a cavallo da Travis Point in poi. Io inizialmente avevo protestato, ma lui mi aveva sistemata di traverso sulle sue cosce muscolose e non era stato poi così fastidioso. Mi aveva tenuta stretta tra le sue braccia, con i movimenti dell'animale che mi cullavano. Non avrei dovuto trovarmi a mio agio, viste le mie condizioni, eppure fu così.

Avevo una guancia appoggiata contro il suo petto e riuscivo a sentire il battito regolare del suo cuore. Aveva un buon profumo, emanava calore ed io mi sentivo... al sicuro. Con Ian che cavalcava affianco a noi, sapevo che non mi sarebbe potuto accadere nulla. Né Thomas né qualunque altro uomo mi avrebbe mai più fatto del male. Eppure, ero davvero al sicuro da quegli uomini? Mi avevano toccata, usata, punita in modi che non avevo mai immaginato. Era stato tutto così illecito, così carnale, così sbagliato. Tutto ciò che avevo fatto nella diligenza esulava dalla mia immaginazione, ma probabilmente sarebbe stato un fatto quotidiano con loro. Il modo in cui mi avevano fatto trovare piacere in ciò che avevo fatto mi aveva lasciata confusa, perfino spaventata dalle mie stesse reazioni. Mi era piaciuto! Perfino dopo essere stata tanto degradata, ero venuta, più forte di qualunque altra volta prima di allora ed era stato incredibilmente *bello*. Tutto ciò che era mancato era stato un cazzo a riempirmi.

Cavalcammo fino ad una grande casa costruita solamente in tronchi di legno. Era a due piani e molto ampia, con una veranda coperta che la circondava su tutti i lati. Ian legò le briglie del proprio cavallo ad una ringhiera, poi venne ad aiutarmi a scendere da in braccio a Kane. C'erano diversi edifici sparsi per il terreno in lontananza. Una baracca con un fienile era collegata ad una lunga stalla su un piano solo. Accanto vi era un recinto con diversi cavalli che brucavano l'erba. Più in là, molte strutture più piccole e, in lontananza, piazzate su alcune collinette che costellavano il paesaggio, c'erano altre case, distinguibili grazie ai loro porticati, ai comignoli di pietra e alle finestre. Il nostro arrivo doveva essere stato visto o sentito dal momento che diversi uomini ci raggiunsero.

Mi lisciai l'abito, troppo nervosa per guardare qualcuno negli occhi, mentre gli uomini si stringevano la mano e si raccontavano cosa fosse successo negli ultimi tempi al ranch. Avrebbero indovinato il fatto che non indossassi delle mutande e che avessi del seme denso seccato sulle cosce? Avrebbero saputo ciò che Kane ed Ian mi avevano costretta a fare nella diligenza o il fatto che io vi avessi provato piacere? Di certo avevo un aspetto sciupato e disordinato per via del viaggio, ma avrebbero associato parte di quell'aspetto al fatto che fossi stata in ginocchio a servire Ian o al mio essermi dimenata nell'utilizzare la mia mano per farmi venire?

Tutte le mie preoccupazioni furono irrilevanti, dal momento che presto mi trovai al centro dell'attenzione, completamente circondata da uomini molto grandi e molto autorevoli. C'era qualcosa nel loro portamento che sembrava identico in tutti quanti – spalle indietro, sguardo attento e penetrante, corpi ben muscolosi e forti. Erano travolgenti. Lanciai un'occhiata a Ian e Kane, le cui espressioni mostravano una palese possessività che trovai sorprendentemente rassicurante.

Kane si spostò per mettermisi accanto e mi prese per un gomito, mentre Ian faceva lo stesso dall'altra parte.

«Lei è Emma, la nostra sposa.»

Con quell'affermazione, gli sguardi degli uomini passarono ad esaminarmi ed io mi sentii nuda ed esposta proprio come sulla carrozza. Spalancai gli occhi, rendendomi conto che Kane mi aveva presentata come la *nostra sposa*. Non la sua sposa, non la sposa di Ian. Nessuno degli uomini parve sorpreso. Non avevano notato la sua scelta di parole?

«Emma, il tizio a sinistra è Mason.» Kane lo indicò col mento. «Accanto a lui c'è Brody. Simon e Rhys sono i ragazzi dai capelli scuri. Scoprirai presto, non appena apriranno bocca, che facevano parte anche loro del nostro reggimento. L'ultimo è Cross, che è americano come te. Possediamo tutti un pezzo di terra, ma il ranch, Bridgewater, è il nostro obiettivo comune.»

Annuii e rivolsi loro un sorriso, finalmente rassicurata sul fatto che non sarei stata portata dall'altra parte del mondo.

«Ann aspetta voi due per pranzo, mentre Emma sarà una bella sorpresa.» Se mi ricordavo bene, fu Mason a parlare. Sembrava avere un paio di anni in meno sia di Kane che di Ian, con i capelli neri e la barba ben curata.

Strattonai Kane per la manica e lui si chinò verso di me. «Sanno... voglio dire-»

I miei sussurri furono interrotti da Ian. «Sanno che appartieni a noi. Per assicurarci che non ci siano dubbi al riguardo, lo ripeterò per te. Emma è la nostra sposa.» Si gonfiò di orgoglio a quelle parole e la cosa fu molto rassicurante. «Questi uomini conoscono le nostre usanze, ragazza, perché anche loro le condividono. Ann è sposata con Robert e Andrew, che sono via da qualche parte, ma li conoscerai più tardi.»

Io spalancai la bocca e fissai il gruppo di uomini che avevo di fronte. «Tutti voi, voglio dire, appartengo a tutti voi?» Feci un passo indietro, gli occhi sgranati per la paura. Mi sentii impallidire. In cosa mi ero cacciata? Non avrei potuto gestire tutti quegli uomini. Cosa si aspettavano...?

«Emma,» la voce forte di Kane fece irruzione tra i miei pensieri. Mi afferrò per le spalle e abbassò la testa così da incrociare il mio sguardo. «Tu appartieni a me e a Ian. Gli altri uomini si troveranno le loro mogli.»

«Mogli?» domandai, leccandomi le labbra secche.

«Mason e Brody rivendicheranno una sposa mentre Simon, Rhys e Cross un'altra. Col tempo.»

Inarcò un sopracciglio mentre mi guardava, domandandomi senza parole se avessi compreso. Io annuii. «Ann? Lei sa di-»

«Come ho detto, lei è sposata con Robert *e* Andrew. Loro sono i capisquadra. La loro casa è laggiù.» Indicò oltre la mia spalla ed io mi voltai per vedere una casa in lontanza, sistemata per conto suo accanto ad un ruscello serpeggiante. «Non c'è nulla di cui preoccuparti. Nulla di cui avere paura.»

«Ci assicureremo che tu sia al sicuro.»

Non riuscii a vedere chi avesse parlato perché Kane mi impediva la visuale. Lui si alzò ed Ian mi attirò a sé per un abbraccio, facendomi appoggiare la guancia contro il suo petto forte.

«Non devi preoccuparti di nulla a parte l'essere la nostra sposa.»

«Potrai anche appartenere a Kane ed Ian, ma sei una di noi, adesso. Ti proteggeremo come se fossi nostra,» aggiunse un altro uomo.

Non comprendevo le loro usanze. Quelle non erano tradizioni britanniche, che sapevo essere ancora più rigide che nell'America dell'Ovest; qui era in atto un qualche altro genere di codice morale profondamente radicato. La loro convinzione di sposare una donna in parecchi era insolita, per usare un eufemismo. Eppure ci credevano, con fervore. Non sembravano errare, bensì si attenevano saldamente a quel principio e, in qualche modo, la cosa mi tranquillizzava, se non altro un pochino.

Kane mi diede un bacio sui capelli. «Ecco. Meglio?»

Annuii contro la sua camicia, piuttosto sollevata, eppure del tutto sopraffatta.

KANE

Uno dei lussi che avevamo aggiunto alla casa quando l'avevamo costruita era una toilette, completa di piccola vasca da bagno. Sapevamo che qualunque donna si sarebbe esaltata per una caratteristica simile, specialmente durante i duri mesi invernali. Mentre aiutavamo Emma a spogliarsi e la tenevamo per mano mentre si immergeva nell'acqua calda, la sola espressione di puro piacere sul suo volto rese valida la fatica.

Dal piano di sotto provenivano dei rumori man mano che il pasto veniva preparato, ma noi eravamo concentrati solamente sul prenderci cura di Emma. Lei si era appoggiata allo schienale alto, i capelli che volteggiavano sulla superficie dell'acqua calda attorno a lei, i seni che galleggiavano e i capezzoli rosei belli gonfi. Ian mi lanciò un'occhiata, la mascella che si tendeva mentre si sistemava l'uccello nei pantaloni. Sapevo quanto fastidio provasse. Ormai avercelo duro sarebbe stata una situazione perenne.

Eravamo stati delicati con lei, ma in quanto vergine, non aveva molta scelta nel venire a patti col suo nuovo ruolo. Di certo essersi sposata con due uomini lussuriosi e vivere su un ranch con altri uomini con le stesse idee e tendenze avrebbe richiesto un po' di adattamento. Ci avrebbe dovuto raccontare la sua storia, ma non in quel momento, non quando era tutto così travolgente. Volevo sapere del suo fratellastro bastardo, Thomas, così da poterlo rintracciare e pestare a sangue. L'aveva ferita. Non sarebbe finita all'asta della signora Pratt se non fosse stato per lui. In quanto suoi mariti, ci saremmo assicurati che non avrebbe mai più fatto del male ad Emma. Mi rassicurava sapere che adesso lei era lontana da quell'uomo e al sicuro a Bridgewater.

Dopo che si fu lavata i capelli e ripulita il corpo, la aiutammo ad uscire dalla vasca e ad asciugarsi.

«Posso fare tutto da sola,» replicò lei, cercando di coprirsi.

«Ti assicuro,» le mormorai mentre le sfregavo la pelle rosea con un asciugamano. «Che non è un problema.»

«Vieni,» disse Ian, prendendola per mano e trascinandola in corridoio.

«Ian, sono nuda!» Provò a puntare i piedi, ma non fu abbastanza per fermarlo. Quell'azione non fece che farle ondeggiare i seni e rendermi ancora più interessato a lei.

«Proprio come mi piaci.» Sogghignò guardandola da sopra la spalla. «Dovrai imparare ad apprezzare il fatto che due uomini vedano quanto sei bella.»

Presi l'attrezzatura per radersi e un asciugamano pulito e li seguii in camera di Ian. Quando li raggiunsi, Emma era stretta tra le sue braccia e si stavano baciando, le mani di Ian che le scorrevano lungo la schiena andando ad afferrarle le natiche perfettamente rotonde. Quando finalmente lui si ritrasse, Emma aveva gli occhi scuri come un mare tempestoso, le labbra rosa e gonfie.

«Potrei baciarti per tutto il giorno, ma abbiamo altre cose da fare.» Le diede un'ultimo bacetto sulle labbra. «Sdraiati, ragazza.»

Non fu difficile per lui farla stendere sulla schiena dal momento che il bacio sembrava averla privata di qualsiasi pensiero razionale. Il che era proprio lo stato in cui la volevamo per ciò che stavamo per fare. Ian salì sul letto dopo di lei, spostandosi così da appoggiarsi con la schiena ai cuscini e attirando Emma a sè per sistemarsela contro, la schiena contro il suo petto.

«Ian, che stai facendo?» domandò lei, piegando la testa di lato per sollevare lo sguardo su di lui. Ian ne approfittò per darle un lungo bacio.

«Lui ti terrà ferma mentre io ti rado,» le dissi.

Posando l'attrezzatura da barba sul comodino, afferrai il pennello saponato e il rasoio e mi sistemai anch'io sul letto.

«Radermi?» domandò lei, la fronte aggrottata.

Le mani di Ian scivolarono sul suo corpo, prendendosi un istante per giocare con i suoi seni prima di afferrarle le cosce e sollevarle le ginocchia, tirandole indietro.

«Ian!» Lei cercò di divincolarsi dalla sua presa, ma appoggiata com'era a lui, non aveva alcun vantaggio.

«Ssh,» la tranquillizzò lui, baciandole un orecchio e il collo.

Fece un ottimo lavoro nell'aprirle le gambe per me, con le ginocchia sollevate accanto ai seni. Mi sistemai tra le sue cosce e cominciai subito a ricoprirla di schiuma densa.

«Ti sto per radere la fica.»

«Perché?» chiese lei, confusa ed imbarazzata. Dubito si fosse resa conto di aver inclinato la testa di lato per fornire maggiore accesso al suo collo lungo a Ian.

«Perché le tue belle labbra rosee sono nascoste sotto questi riccioli scuri ed io voglio sentire ogni singolo centimetro liscio del tuo corpo quando ti prendo con la bocca.» Posando il pennello sul tavolo, presi il rasoio. «Ora non muoverti.»

Mi misi all'opera mentre Emma non muoveva un muscolo. Facendo scorrere le dita sulla zona depilata, la sentii super liscia e morbida al tatto.

«Kane? Ian?»

L'esclamazione provenne dal piano di sotto. Mason. Molto probabilmente ci stava chiamando per mangiare. Sentii altri passi, man mano che gli altri uomini entravano nella sala da pranzo per il pasto. La casa era grande, la zona per mangiare si trovava distante dalle camere da letto al piano di sopra.

«Siamo qua sopra,» rispose Ian a voce alta.

Dei passi pesanti risalirono le scale ed io ritrassi il rasoio da in mezzo alle gambe di Emma, mi alzai e andai incontro all'uomo sulla porta prima che potesse entrare. Mason si fermò giusto sullo stipite, col cappello in mano, e guardò il rasoio e l'asciugamano che tenevo tra le dita. Il mio corpo gli copriva la visuale di quello nudo di Emma. Era riservato esclusivamente ai nostri sguardi, non per quello di Mason o di qualunque altro uomo. La sua bocca si curvò in un sorriso sapendo cosa stessimo facendo.

«Tieni i tuoi maledetti pensieri lontani da nostra moglie,» ringhiai in tono possessivo. Invece di levargli quel sorrisino dalla faccia, non feci che farlo sogghignare mentre sollevava le mani in segno di resa.

«Scusate per l'interruzione, ma mi tocca aiutare Ann in cucina. Mangiamo tra dieci minuti.»

«Ian, lasciami andare!» sussurrò forte Emma. Sapevo che Ian non avrebbe allentato la presa su di lei fino a quando non avessimo finito, e non ci eravamo nemmeno vicini. La sua resistenza era inutile.

Annuii a Mason, feci un passo indietro e gli chiusi la porta in faccia. Riuscii a sentire la sua risatina attraverso il legno.

Mi voltai per guardare Emma, che aveva la testa girata dall'altra parte rispetto alla porta, gli occhi chiusi. Tornai in posizione tra le sue cosce aperte.

«Non muoverti, piccola.» Mi rimisi all'opera, rimuovendo l'ultima parte di peli da in mezzo alle sue gambe, rivelando sempre di più la sua fica rosa ad ogni passata. «Sei nostra, piccola. Solamente io ed Ian ti toccheremo. Gli uomini sanno cosa succede tra gli altri e le loro donne. Sapranno che ti stiamo radendo la fica. Ti sentiranno quando verrai, dal momento che ti prenderemo regolarmente e in posti – per quanto privati – in cui potresti essere sentita. Potrebbero perfino sentirti mentre vieni sculacciata, se giustificato.»

«Ma-»

«È nostro compito addestrarti affinché tu sia nostra moglie, insegnarti che cosa ci si aspetta da te. Essere a tuo agio col fatto che altri sappiano quanto ci dai piacere e quanto piacere ottieni da noi è una cosa alla quale ti devi abituare.»

«Tu *sei* bellissima, ragazza,» le disse Ian in tono rassicurante.

«Mi sono chiesto che sapore avessi, piccola.» Lanciai uno sguardo a Ian, poi agli occhi spalancati di Emma. «Penso che lo scoprirò.»

Spostandomi, chinai la testa tra le sue cosce e la leccai dall'ano fino al clitoride, tenendo la lingua leggera come una piuma, sfiorandole appena la pelle appena scoperta.

«Kane!» esclamò lei, abbassando gli occhi per guardarmi. «Che stai-»

Utilizzando le dita, le allargai le labbra nude della fica, ormai velate della sua eccitazione. «Ora, non ti fa sentire meglio?»

La sua piccola perla rosea era dura ed eretta e implorava di avere la mia lingua addosso. Leccando via tutta la sua eccitazione, le sfiorai il clitoride. Una. Due volte. Il suo corpo ebbe uno spasmo e lei urlò.

«Ha un sapore dolce. Come il miele.»

«Si sta opponendo alla mia presa,» aggiunse Ian.

«Non ti piace la tua ricompensa, Emma? Sei stata una così brava ragazza. Stai ferma, altrimenti ti sculaccio.»

CAPITOLO 11

ANE

La osservai da dove mi trovavo in mezzo alle sue gambe. Il suo respiro le faceva alzare e abbassare il ventre piatto; i capezzoli erano gonfi, la pelle arrossata. Lunghe ciocche di capelli umidi le si attaccavano alla fronte e al collo. Gli occhi chiari erano di un azzurro velato, le emozioni evidenti; eccitazione, timore, imbarazzo.

«Ti fa male la fica?» sussurrò Ian, mentre lei chiudeva gli occhi nel sentire la sua lingua tracciarle il contorno dell'orecchio. Sentii un gemito sfuggirle dalle labbra.

Delicatamente, le infilai un dito dentro. Era bagnata e calda, molto stretta. Mi spinsi dentro solamente di un centimetro, poi mi ritrassi e aggiunsi un altro dito. La osservai con attenzione e quando entrai fino alla seconda nocca, lei spalancò gli occhi e fece una piccola smorfia.

«Povera ragazza,» le mormorò Ian. «Due enormi cazzi si

sono presi la tua verginità allargandoti. Alla tua fica indolenzita serve tempo per riprendersi, per cui, invece di scoparti, possiamo cominciare col tuo addestramento.»

Mentre parlava, io tornai al mio compito, facendo scorrere solamente la punta della lingua sul suo clitoride. Le sue piccole mani premettero contro le cosce di Ian, cercando di scostarsi. Aveva un sapore dolce, pungente e il suo odore emanava dalla sua pelle accaldata fino a riempire l'aria attorno a noi. Avevo l'uccello che mi pulsava dolorosamente contro la patta dei pantaloni. Tutto ciò che avrei voluto fare era affondare dentro di lei, che le facesse male la fica o meno. Di certo non avrei fatto del male ad Emma solo per colpa dei miei istinti basilari, per cui trassi un respiro profondo, abbassai la testa e mi concentrai solamente sul piacere della mia nuova moglie.

«Kane, è... è troppo!»

Inarcai un sopracciglio mentre sollevavo lo sguardo sul suo corpo nudo. Era la prima volta che si trovava la testa di un uomo tra le cosce e il piacere sarebbe stato diverso, forse perfino più intenso che quello concessole dai nostri uccelli. «Ti sto facendo male?»

Lei agitò la testa. «No.» Deglutì.

«Allora continuo, poichè voglio vederti venire.» E lo feci, leccandola, succhiandole il clitoride e mordicchiandola leggermente con i denti.

«No, ti prego. Non mi piace!» urlò lei.

Non mi fermai mentre Ian le chiedeva, «Non è bello?» Le sue mani le presero di nuovo i seni, giocandoci.

Lei sospirò quando le accarezzai il clitoride nel modo giusto. Era duro e molto sensibile contro la punta della mia lingua. «Sì, ma-»

«Non vuoi venire?»

«Non... no, non può piacermi!» I capelli umidi le si appiccicavano al volto, posandosi in lunghe ciocche sul petto di Ian.

Non mi fermai, mi limitai ad aggiungere un dito appena all'ingresso della sua fica, lasciando che si muovesse in piccoli cerchi tutt'attorno. Adoravo il fatto che fosse depilata. Così liscia, così rosa. Sensuale.

«Perché no, ragazza?» mormorò Ian mentre le baciava la vena pulsante sul collo.

«Perché... siete in due.»

Io sollevai la testa dalle sue cosce sensuali. I suoi muscoli interni mi stavano strizzando con avidità la punta del dito, cercando di attirarlo dentro. Il suo clitoride si era gonfiato e si era fatto più duro sotto la mia lingua, la sua eccitazione si era riversata fuori bagnandomi il mento. Non c'era dubbio sul fatto che stesse per venire, ma la sua mente era troppo distratta dalla moralità della situazione. Era una barriera che avremmo abbattuto e superato, proprio come avevamo fatto con la sua verginità. Ci sarebbe voluto del tempo, ma era uno degli aspetti più importanti dell'essere sposata con me ed Ian. Si sarebbe abituata a ricevere piacere da entrambi. Insieme.

Per questo, mi ripulii lentamente il mento col dorso della mano. «Allora mi fermo.»

Lei aprì gli occhi per guardarmi, immobile. «Perché?» chiese, ora più confusa che mai.

«Se non vuoi venire, allora mi fermo,» ripetei, scendendo dal letto. Ce l'avevo duro come una roccia, ma avrei dovuto aspettare per occuparmene.

Ian le lasciò andare le gambe e lei si mise a sedere, un'espressione confusa mista ad eccitazione in volto. Non aveva idea di quanto fosse bella con i capelli umidi che le scendevano sulla schiena, dei lunghi grovigli di riccioli che le ricadevano sopra una spalla e su un seno. Aveva la pelle arrossata e, nel modo in cui era seduta, con le gambe piegate, la fica nuda era scoperta. Non si potevano non notare le labbra gonfie e rosa.

Spostandosi da dietro di lei, Ian scese dal letto andando al proprio comò e prese una scatolina che conteneva dei plug anali realizzati a mano. Aprendola, prese quello della taglia più piccola insieme ad un vasetto di vetro di lubrificante. Io avevo avuto l'onore di prendermi la sua verginità e di essere stato il primo ad assaggiare la sua dolcezza in mezzo alle sue cosce. Dunque, toccava a Ian lavorarsi il suo corpo, insegnarle che ci saremmo occupati entrambi di lei, uno alla volta, per adesso.

Si sedette sul bordo del letto. «Mettiti sul mio ginocchio, ragazza.»

Lei spalancò gli occhi e si rintanò subito dall'altra parte del letto, premendo la schiena contro il muro. In quella posizione, non faceva che mettersi ancora più in mostra per noi. Mi stavo godendo la vista della sua fica nuda e mi limitai a fissarla mentre Ian prendeva il comando. Mi appoggiai allo stipite della porta, rilassato e pronto a guardare cosa sarebbe successo dopo. Il solo guardarla, tutta nuda e in disordine, mi fece risistemare l'erezione nei pantaloni.

«Non puoi sculacciarmi. Non ho fatto niente di sbagliato!»

«No, ragazza. Ti sei comportata così bene. Ti voglio sul mio ginocchio così da poter cominciare ad allenare il tuo deretano, non per sculacciarti.»

«Il mio... cosa?» Aveva gli occhi sgranati e la bocca spalancata.

«Noi scozzesi – anche i britannici, come Kane – lo chiamiamo deretano, ma puoi anche dire culo. Dillo, ragazza.» Quando lei non rispose, Ian inarcò un sopracciglio, sfidandola a disobbedire.

«Culo,» sussurrò lei, abbassando lo sguardo.

«Molto bene. Ora vieni qui.» Il suo tono si fece più profondo.

Emma lanciò un'occhiata ad entrambi, riflettendo sulle proprie opzioni e sulle conseguenze. Era una donna intelligente, ben educata; non avevo bisogno di *conoscerla* per capire che fosse una donna di buona famiglia. Spostandosi lentamente, i suoi piedi nudi silenziosi sul pavimento di legno, lei fece il giro del letto per mettersi in piedi di fronte a Ian.

Lui la prese per la nuca e la attirò a sé per un bacio. Io mi scostai dalla parete per mettermi alle sue spalle, l'uccello che le premeva contro il fondoschiena. Chinando la testa, le baciai una spalla nuda, scostandole i capelli e facendole scivolare le mani lungo le braccia. Solo perchè non voleva venire non significava che fossimo abbastanza determinati da tenerle le mani lontane di dosso.

Non appena Ian terminò il bacio, io tornai al mio posto contro la parete. Ian la strattonò, tirandosela in grembo, la parte superiore del suo corpo sul letto accanto a lui, e lei trasalì sorpresa.

«Ian!» Sollevandosi sui gomiti, si voltò guardandosi alle spalle, con un fuoco che ardeva nelle profondità dei suoi occhi blu. Il palmo della mano grande di Ian era posato sul suo fondoschiena, assicurandosi che non potesse alzarsi.

Ian infilò due dita nel vasetto di unguento, ricoprendole della sostanza unta e trasparente.

«Potrei baciarti tutta la notte. Non c'è possibilità che mi stanchi mai del tuo sapore, ma voglio rivendicare il tuo deretano,» le disse Ian. «Ti scoperemo lì, e spesso, ma non sei ancora pronta. Non agitarti,» disse per tranquillizzarla quando lei cominciò a dimenarsi. «Non vogliamo farti del male ed è nostro compito prepararti. Allenare il tuo deretano a prendere i nostri cazzi.»

Quando le sue dita le scorsero sull'apertura rosea, lei si impennò e si dimenò. «No. Non è giusto.»

«È giusto.» Mentre parlava, Ian le fece girare lentamente attorno il dito, premendolo piano verso l'interno. «Servire i mariti, soddisfarli, è il compito di una moglie. Tu ci servirai offrendoci tutti i tuoi orifizi. La tua passera stretta, la tua deliziosa bocca e il tuo bel culo. Se lo farai noi saremo contenti e, in cambio, ti concederemo il più incredibile dei piaceri. Ci siamo presi la tua fica e l'hai adorato. Hai avuto la tua prima lezione nel succhiare cazzi, poco fa, e subito dopo sei venuta. Ora, dobbiamo preparare il tuo di dietro.»

Lei irrigidì il corpo e gemette quando un dito le si infilò dentro. Si era opposta coraggiosamente, ma il suo corpo non poteva nulla contro le nostre attenzioni. Le avremmo mostrato tutti i modi, tutti i punti in cui si poteva trovare piacere. Adesso poteva anche mostrarsi diffidente, ma presto avrebbe adorato il fatto che giocassimo col suo ano. Quel pensiero mi fece pulsare l'uccello, bramoso di rivendicarla anche lì. Tuttavia lei non era pronta e la sua sottomissione a Ian sarebbe stata una soddisfazione sufficiente. Per ora. Presto, si sarebbe fidata di noi, sapendo che volevamo renderla felice, sazia e ben soddisfatta in ogni momento.

«Non vogliamo farti del male, ragazza. Lo stiamo facendo per te.» Ian le fece entrare e uscire lentamente il dito nell'ano, col corpo di Emma accasciato in grembo, il suo respiro forte e irregolare. Man mano che si spingeva sempre più all'interno, lei piagnucolava, lasciandosi scappare dei piccoli versi dal fondo della gola.

«Il nostro amico Rhys è piuttosto bravo come falegname, incluso l'utilizzo del tornio. Produce lui a mano tutti i nostri dildo e i plug anali, sai? Quando Andrew e Robert hanno sposato Ann, ne ha costruiti alcuni secondo le loro indicazioni. Nonostante non ci fossimo ancora incontrati, io ed Ian sapevamo in cosa avremmo voluto addestrare nostra moglie. Rhys li ha costruiti per noi e noi li abbiamo conservati, in attesa. In attesa proprio di questo istante. Non agitarti, userò quello più piccolo.»

Non riuscii a resistere ulteriormente, spostandomi per inginocchiarmi a terra accanto al suo bacino. Insinuando una mano sotto quella di Ian, le feci scivolare le dita sulla figa. «Sta gocciolando,» commentai nel vedere le labbra e le cosce bagnate. Le mie parole le suscitarono un altro gemito.

«Ti piace, ragazza?» chiese Ian.

Lei scosse la testa, ma non disse nulla.

«Il tuo corpo dice il contrario, ragazza. Riesci a sentire tutti quei punti segreti nel tuo sedere risvegliarsi al mio tocco? Kane riesce a sentire quanto sei bagnata adesso. Hai le mani di entrambi i tuoi uomini addosso, ragazza. Povera piccola, così vogliosa.»

Con attenzione, Ian le infilò lentamente dentro un secondo dito assieme al primo, scopandola piano, allargandola mentre io trovavo facilmente il suo clitoride, duro e avido del mio tocco.

«No.» Il respiro le usciva in piccoli ansiti. «Non... non mi piace.»

«Cosa? Il fatto che ti piaccia quando ti tocco qui? Il fatto che Kane ti stia guardando il culo mentre te lo fai allargare per la prima volta? Il fatto che stia giocando col tuo clitoride?»

Lei tirò indietro i fianchi, senza rendersi conto di desiderare che le sue dita andassero più a fondo, e forse anche le mie. Quando Ian la riempì ulteriormente, lei cominciò a piangere. Non di dolore, no di certo. Non l'avremmo mai toccata ferendola. Quella era l'antitesi dei suoi sentimenti. Aveva così tanto bisogno di venire che stava precipitando in una frustrazione così profonda che le faceva sfogare le sue emozioni travolgenti attraverso le lacrime invece che con un orgasmo. «È sbagliato!»

Utilizzando la mano libera, Ian prese il piccolo plug che Rhys aveva così abilmente realizzato, lo intinse nel barattolo così da ricoprirlo con uno spesso strato di lubrificante e poi estrasse delicatamente le dita da Emma, il suo corpo che gli si accasciava in grembo. Il modo in cui si strinse attorno al suo ultimo dito mi fece immaginare con quale forza il suo corpo avrebbe avvolto il mio uccello. Repressi un gemito mentre l'erezione mi si gonfiava ulteriormente.

Prima che Ian allineasse il plug con la sua apertura, riuscii a vederla contrarsi una volta mentre si richiudeva. Lui non le permise di farlo, infilandole dentro il plug scivoloso in un'unica mossa lenta. Lei gemette e tutti i suoi muscoli si tesero nuovamente, per cui io le accarezzai una gamba nel tentativo di tranquillizzarla.

Una volta al suo posto, si vedeva chiaramente il piccolo manico scuro di legno che spuntava appena. La sua apertura era leggermente tesa, giusto un inizio per cominciare ad abituarla in preparazione dei nostri uccelli. Le labbra gonfie ed eccitate della sua fica erano calde e bagnate sotto le mie dita. Avevo infammato il suo corpo posandovi la bocca appena qualche minuto prima. Per quanto non avesse voluto che giocassimo col suo ano, non si poteva non notare quanto ciò avesse intensificato il suo piacere, il suo bisogno di venire. Aveva le cosce bagnate del suo miele e la pelle ricoperta da un velo di sudore. Spostando la mano verso il basso, le accarezzai il clitoride ed Emma inarcò la schiena, urlando.

Singhiozzò, un verso di desiderio che le sfuggiva da dentro e che intaccava il mio autocontrollo.

«Vedi, piccola? Solo piacere,» le dissi, continuando ad accarezzarle la fica e la gamba.

«Puoi venire, ragazza.»

Le stuzzicai di nuovo il clitoride quando lei non rispose subito.

Tirando su col naso, lei disse, «Io... non voglio quella cosa dentro. È troppo grande.»

Si stava ancora concentrando su ciò che le stavamo facendo invece che sulle sensazioni che stava provando.

«Non grande quanto nessuno dei nostri cazzi, Emma,» le ricordai. «Ti scoperemo insieme, piccola, Ian nel tuo culo mentre io ti riempirò la fica.»

«Come... com'è possibile?» chiese lei, senza fiato.

«È possibile, ragazza. Più che possibile. *Succederà*,» disse Ian.

Lei gemette, probabilmente immaginandosi quanto sarebbe stata riempita ancora di più una volta che ce la fossimo finalmente scopata.

«Sei stata bravissima. Vieni per noi, ora. Facci vedere. Mostraci che sei una così brava ragazza,» la incitò Ian.

«No,» singhiozzò lei. «No, non posso. Oddio.»

Era così disperata, così persa. Le stavamo lasciando decidere se venire o meno, invece di ordinarglielo. Era chiaro che avrebbe avuto bisogno che le dicessimo di farlo, che la privassimo della decisione di arrendersi al piacere. Voleva sottomettersi. Se Ian avesse cambiato tono, avesse cambiato le proprie parole anche solo leggermente per essere meno rasserenante e più autorevole, Emma molto probabilmente sarebbe esplosa come un fuoco d'artificio il quattro di luglio.

Era palese quanto fosse inibita. Quanto il suo cervello avesse il controllo sul suo corpo. E dunque le avremmo impartito un'altra lezione quel giorno. Con la sua risposta, Ian le estrasse lentamente e con cautela il plug dall'ano e la aiutammo ad alzarsi, sorreggendola fino a quando non riacquistò l'equilibrio. Avremmo voluto tenerle il plug dentro più a lungo come parte del suo addestramento, ma doveva imparare che giocare col suo ano sarebbe stato piacevole, non imbarazzante. L'avrebbe fatta venire – ce ne saremmo assicurati – e lei si stava negando tale piacere. Avevamo entrambi le nostre mani su di lei in modo intimo, a lavorarcela, eppure lei continuava a rifiutarsi. Dunque, le avremmo dato ciò che desiderava. Presto, avrebbe *voluto* che la toccassimo lì. Che la toccassimo entrambi nello stesso momento. Finchè non se ne fosse resa conto, sarebbe rimasta insoddisfatta.

Mi alzai. «Vestiamoti. Tutti si staranno chiedendo cosa stiamo combinando.»

Fu molto difficile non sorridere di fronte all'espressione sul volto di Emma. Era talmente eccitata da avere gli occhi azzurri annebbiati, velati di desiderio. La bocca era aperta e il respiro le usciva in piccoli ansiti. Un colorito roseo le accendeva le guance e scendeva lungo il collo fino ai seni. Un rosa più vivace le colorava i capezzoli e lei strinse le cosce bagnate. «Ma...»

Ian le posò un dito sulle labbra. «Ssh. Non volevi venire e va bene. Ti daremo sempre piacere, ragazza, devi solamente accettarlo. È ora di mangiare.»

Lei si accigliò, la fronte aggrottata da una piccola ruga confusa.

Ian se ne andò in bagno e tornò con il suo abito blu. Lo abbassò a terra ed io aiutai Emma ad entrarvi, a mettere le braccia nelle maniche e a cominciare a chiudere la lunga fila di bottoni sul davanti.

«Come abbiamo detto nella diligenza, niente mutande per te. Sarà piuttosto scomodo per me sedere a tavola con una forte erezione sapendo che hai la passera nuda e depilata.»

«Già,» concordò Ian.

«Quest'abito è temporaneo, fino a dopo pranzo quando potremo chiedere ad Ann dei vestiti. Avete più o meno la stessa taglia e i suoi abiti potrebbero starti bene, per i primi tempi, magari con qualche aggiustamento in sartoria.»

Mentre le chiudevo i bottoni sui seni, i lati delle mie mani le sfiorarono i capezzoli sensibili e a lei sfuggì un sospiro. Avrebbe imparato presto che il suo piacere veniva prima del decoro, finanto che ci trovavamo al ranch. Fino a quando non avesse chiesto di venire – non ci avesse implorati – si sarebbe trovata in una bello stato. Così come me e Ian.

CAPITOLO 12

MMA

Il pranzo non fu semplice. Per quanto la casa appartenesse a Kane e Ian, la sala da pranzo era grande, con l'enorme tavolo capace di ospitare fino a venti commensali. Tutti gli uomini che avevo conosciuto prima vi erano seduti e si alzarono quando entrai nella stanza, così come un paio di volti nuovi, inclusa una donna.

«Io sono Ann,» disse. «Sarà bello avere un'altra donna da queste parti.» Aveva forse un paio di anni più di me, con un gran sorriso e un atteggiamento pacato. Aveva i capelli pallidi come il grano raccolti in un ordinato chignon sulla nuca. Con la pelle pallida e gli occhi azzurri, era piuttosto affascinante. Come aveva detto Kane, avevamo più o meno la stessa taglia, per quanto io avessi il seno molto più grande delle sue curve delicate. Nel mio dozzinale abito blu con i capelli scompigliati che mi ricadevano lungo la schiena, avevo l'aspetto tanto lascivo quando mi sentivo di essere.

Mi sforzai di sorridere, ma fu difficile, sapendo che tutti in quella stanza erano consapevoli del motivo del nostro ritardo. Se non lo fossero stati, vedermi conciata a quel modo avrebbe sicuramente fornito loro la risposta che cercavano. Avevo le guance rosse, riuscivo a sentirne il calore, e i capezzoli duri sotto il tessuto dell'abito senza alcun corsetto a nasconderli.

La passera, la fica come la chiamavano Kane e Ian, pulsava di desiderio non ripagato. Era una sensazione... strana essere depilata. Liscia e palesemente bagnata. Avevo il sedere indolenzito per via delle dita di Ian e del plug duro, ma anche quello pulsava e mi provocava piccole scintille di piacere ogni volta che contraevo i muscoli.

Ian tirò indietro una sedia per me ed io mi sedetti senza pensare, con i miei mariti che prendevano posto a entrambi i miei lati. «Loro sono Robert e Andrew, i mariti di Ann,» disse Kane indicando due uomini che mi sorrisero e mi rivolsero un cenno del capo dall'altra parte del tavolo. Tutti gli uomini al ranch erano robusti, come se lo fossero diventati per via dell'aria fresca, del duro lavoro e del buon cibo.

Facemmo fare il giro dei vassoi e delle ciotole per tutto il tavolo, con Kane o Ian che mi riempivano il piatto man mano che arrivavano. Ero grata del fatto che mi stessero aiutando in tal senso, dal momento che avevo i pensieri troppo in subbuglio, ma allo stesso tempo ero troppo concentrata sul mio corpo e sul desiderio che provavo di avere un orgasmo.

«Gli altri hanno la loro casa, ma consumiamo i pasti assieme,» proseguì Kane. Si comportava come se non fosse successo nulla al piano di sopra solo pochi minuti prima, sebbene avesse detto di avercelo duro. Magari era solamente più bravo a nasconderlo di me. «Ann viene la mattina per cucinare insieme ad uno degli uomini, che fanno a turno ogni giorno per aiutarla. Puoi darle una mano anche tu o, se sei più incline e abile, aiutare in qualche altra parte del ranch.»

Spiluccai il cibo nel piatto, ascoltando le parole di Kane, ma restando concentrata solamente sul mio corpo. Non potevo fare a meno di stringere le cosce per alleviare il desiderio, per quanto non sembrasse aiutare. Ero indolenzita, non solo perchè mi era stata spezzata la verginità, ma per via delle attenzioni che Ian aveva dedicato al mio ano. Mi agitai sulla sedia dura nel tenetativo di ottenere sollievo. Nulla sembrava aiutare. Temevo che l'unica soluzione fosse ciò che gli uomini mi avevano offerto non una, ma due volte – un bell'orgasmo. Avevo bisogno di venire.

«Mangia, ragazza.» Ian si chinò per darmi un bacio sulla fronte, poi tornò al proprio cibo.

«Stai bene?» mi chiese Ann, seduta di fronte a me. Piegò la testa di lato e mi osservò. «Sembri avere la febbre. Il viaggio è stato troppo faticoso?»

Scossi la testa, per nulla interessata a rivelare *perché* sembrassi accaldata.

«Come potrai ricordare dai tuoi primi giorni da moglie, Ann, Emma si sta occupando delle necessità di due uomini molto focosi.» Fu Robert o Andrew a parlare. Non riuscivo a ricordarmi quale dei due avesse la barba e quale i capelli biondi.

Sul volto della donna si accese un'espressione di consapevolezza. «Non è poi così terribile, vero?» domandò Ann, mordendosi un labbro. Il suo sguardo corse a suo marito accanto a lei.

«Terribile?» fece lui. «Se non ricordo male, Kane è accorso perchè pensava ti stessimo picchiando, quando in realtà stavi urlando di piacere.»

Kane ridacchiò. «Me lo ricordo piuttosto bene.»

«Ti ricordi *perché* sei venuta così forte quella volta?»

Ann arrossì fino alla radice dei capelli biondi. «Non... non saprei.»

«Era stata la prima volta che ti avevamo allargato l'ano. L'hai trovato molto piacevole.»

«Robert,» lo rimproverò lei, abbassando lo sguardo sul proprio piatto da cui non aveva ancora mangiato nulla. Si agitò sulla sedia.

«So che è difficile per te dar voce al modo in cui ci soddisfi, ma è una cosa per la quale ti devi esercitare. Se non hai intenzione di raccontarle del tuo piacere, allora dille delle tue punizioni.» La voce di Andrew, per quanto paziente e calma, era profonda. Nessuno dei due aveva l'accento britannico.

«Ma... io non voglio raccontare a nessuno di quello.»

«Non c'è da vergognarsi nel farsi perdonare. Puoi raccontarle delle tue punizioni o può assistervi di persona.» Riconobbi il tono severo di Andrew come quello che sia Kane che Ian avevano utilizzato con me.

«Vengo sculacciata,» replicò lei, agitandosi. Quella risposta fu breve e andava incontro alla richiesta del marito, ma a giudicare dal cipiglio sui volti di entrambi gli uomini, non era quella che si erano aspettati.

«Molto probabilmente Emma ha già scoperto quel tipo di punizione,» disse Robert. «Dalle una ragione per cui vieni sculacciata, per favore.»

Ann si leccò le labbra. «Mi sono avvicinata allo stallone nel recinto esterno.»

Io ero una brava cavallerizza, ma non avevo idea di quanto tragico fosse stato quel suo comportamento.

Andrew mi schiarì le idee. «Lo stallone sentiva che la cavalla era in calore ed era concentrato solamente sul montarsela. Ann non ha dato retta alle nostre raccomandazioni per la sua incolumità e si è avvicinata all'animale sull'attenti.»

Sembrava effettivamente pericoloso.

«Ann è la cosa più preziosa al mondo e non possiamo tenerla al sicuro se ignora una qualsiasi delle regole del ranch.» Robert le fece scorrere una nocca lungo la guancia. Lei voltò la testa e gli sorrise con amore. Andrew le accarezzò i capelli biondi e lei portò lo sguardo anche su di lui.

Il loro amore era palese e venire punita non sembrava ostacolare la loro relazione. Ian e Kane, per quanto severi e chiaramente disposti a guidarmi secondo le loro aspettative, non serbavano alcun rancore per la mia trasgressione precedente. Una volta impartita la punizione, tutto veniva perdonato. Non dovevo preoccuparmi del fatto che mi ritenessero indegna di essere loro moglie- piuttosto l'opposto, in effetti. Sembravano piuttosto soddisfatti di me. Ero io ad avere difficoltà con quella situazione.

Gli altri uomini attorno al tavolo stavano mangiando il loro pasto come degli affamati. Le posate raschiavano i piatti mentre li ripulivano, afferrando ciotole e vassoi per fare il bis. Non c'era dubbio, tuttavia, sul fatto che stessero seguendo la conversazione.

«Smettila di agitarti, tesoro,» disse Andrew ad Ann.

«Scusami, ma è-» Si chinò e gli sussurrò all'orecchio.

«A noi piace sapere che hai un plug nel sedere. In effetti, piacerci non è la parola giusta. Non sei l'unica a disagio qua a tavola.»

L'espressione di Ann si fece confusa e Andrew le tolse la forchetta dalle dita e gliela posò nel piatto, portandosi poi la sua mano in grembo. «Oh!» esclamò lei.

Entrambi i suoi mariti la stavano guardando con delle espressioni molto passionali e molto eccitate.

Kane si chinò verso di me. Notai il suo odore pulito e maschile. Sapone e qualcos'altro che non riconobbi, ma che era inebriante. Strinsi le cosce. «Come puoi vedere, io ed Ian non siamo gli unici col cazzo duro.»

Provai effettivamente una certa soddisfazione nel sapere

che i miei uomini erano eccitati quanto me. «A cosa si stanno riferendo?» domandai.

«Ha un plug nell'ano.»

Spalancai gli occhi al pensiero di farmi aprire e allargare l'ano come prima durante un pasto. In pubblico.

«Ti stai chiedendo perchè abbia un plug dentro di sé adesso, a tavola?» Ian si chinò e mi sussurò all'orecchio.

Fu come se avesse potuto leggermi la mente. Annuii brevemente.

«Col tempo, anche tu terrai il tuo plug per periodi di tempo più lunghi così da essere in grado di prendere un cazzo, di prenderci entrambi nello stesso momento,» mi disse Kane. «Allargarti, riempirti con il plug per qualche minuto è stato solamente l'inizio.»

«Di certo non a tavola?» squittii.

Ian fece spallucce. «Dovremo vedere, sai, e prima che tu dica altro, non sta a te decidere.»

«Decideremo noi cosa è meglio per te,» aggiunse Kane. «Proprio come Robert e Andrew decidono per Ann.»

«Sarebbe meglio se avessi un... plug dentro?»

«Per prendere un cazzo in culo, affinché entrambi ti prendiamo nello stesso momento, sì. Non vogliamo farti male e ci prenderemo quel tuo delizioso buco solamente quando sarai veramente pronta,» disse Kane, tagliandosi la carne. Quella conversazione era assurda; parlare di plug e deretani durante un pasto era inconcepibile. Fino a quel momento.

«Pronta ed eccitata,» aggiunse Ian.

Sussultai a quel pensiero, ricordandomi la dimensione dei loro uccelli, quanto mi fossero sembrati grandi quando mi avevano scopata. Quanto fosse stato bello. Volevano metterli... lì? Uno nel mio di dietro e uno nella passera, nello stesso momento? In cosa mi ero cacciata? E perché, *perché* l'idea che mi prendessero a quel modo non faceva che eccitarmi ancora di più?

«Ad Ann piace quando la scopiamo in culo, cosa che facciamo spesso,» disse uno dei suoi mariti. «Siamo attenti con lei, ci assicuriamo che sia pronta per noi. Ha bisogno di un plug di manutenzione così da essere sempre abbastanza larga da prenderci.»

«Lo facciamo per lei,» aggiunse l'altro. «Tutto quello che facciamo è per Ann.»

«Tutta questa conversazione è una strana scelta per pranzo,» commentai. «Strana in generale.»

«Non ti aspettavi due mariti?» domandò Rhys. Io feci scorrere lo sguardo lungo il tavolo fino all'uomo dai capelli scuri.

«No di certo,» risposi.

«Pensavi saresti stata scopata sotto le coperte con la lampada spenta?» chiese Ian, un sopracciglio inarcato.

Riuscii a sentirmi le guance arrossarsi. «È ciò che avevo sentito dire,» risposi. Ripensai a Thomas, Allen e Clara e di certo loro mi avevano fornito un'alternativa al letto. Anche ciò che avevo dovuto fare per i miei mariti nella diligenza aveva modificato la mia prospettiva.

«Magari, piccola, quello che hai sentito dire tu non era normale,» disse Kane, posando una mano sulla mia e stringendomela leggermente. «Magari ciò che facciamo qui a Bridgewater *è* normale.»

Mi accigliai. «Cos'è normale, dunque?»

«Normale è tutto ciò che un marito desidera. Tutto ciò che fa piacere a una moglie. Potrebbe essere scoparsi una fica.»

«Potrebbe essere scopare nel culo,» aggiunse Ian.

«Giochi anali,» disse Andrew.

«Succhiare cazzi.»

«Leccare fighe.»

«Ovunque.»

«In qualunque posizione.»

Tutti gli uomini aggiunsero qualcosa a quella conversazione carnale fino a quando la mia mente non fu piena di un'abbondanza di varianti che non avevo mai saputo fossero perfino possibili.

«Soddisfare entrambi i tuoi mariti,» disse Ann. Andrew e Robert si voltarono verso di lei. Andrew le fece piegare la testa in modo da poterla baciare, poi toccò a Robert.

«Vedi, ragazza, non c'è bisogno di imbarazzarsi,» le disse Ian in tono rassicurante. «Devi solamente eccitarti. Ciò che abbiamo fatto prima, cominciare il tuo addestramento anale-»

«Assaggiare la tua deliziosa passera,» si intromise Kane.

«-è stato tutto per il tuo piacere. E tu ti neghi l'orgasmo.»

«Emma, ascolta queste parole provenienti da un'altra donna,» disse Ann, chinandosi in avanti. «Se i tuoi uomini ti offrono piacere, tu prenditelo. Accettalo. *Goditelo.*» Sogghignò.

Agitandomi sulla sedia, io mi resi conto di provare un pizzicore tra le cosce, e non per via del fatto che entrambi i miei uomini mi avessero rivendicata. No, era il pulsare di quel piccolo fascio di nervi che mi ero sfregata e toccata fino a quando non avevo urlato durante il viaggio a bordo della carrozza, dove Kane mi aveva leccata e succhiata. Al piano di sopra, mi avevano lasciata col mio desiderio perché io glielo avevo chiesto. Adesso bramavo che mi toccassero, sapendo che era l'unico modo per far andare via quel dolore. Avevo i capezzoli duri sotto l'abito, che si indurivano ancora di più a quei pensieri. Come aveva detto Ann, dovevo accettarlo e di certo me lo sarei goduto.

«C'erano degli uomini a Bozeman che facevano domande,» disse uno degli altri, per fortuna cambiando discorso.

Non mi ricordavo il suo nome, ma aveva i capelli e gli occhi scuri.

Tutti smisero di mangiare e sulla stanza cadde il silenzio.

«Come ne sei venuto a conoscenza, Simon?» domandò Ian, in tono cupo.

«Ero in città quando voi ve ne siete andati e Taylor al saloon stava dando aria alla bocca.»

«Dunque l'hai fatto ubriacare,» ne dedusse Mason.

Simon annuì. «L'ho fatto giocare a carte. Nulla di quello che aveva detto riguardo agli uomini avrebbe dovuto attirare la mia attenzione, ma ha accennato al fatto che avessero degli strani accenti. Parole sue, non mie.»

Questo gruppo di uomini era quello con gli strani accenti, ma scoprire che ce ne fosse un altro – o un paio di altri uomini – che parlavano in maniera simile, specialmente nel Territorio del Montana, sarebbe stato memorabile.

«Era solamente questione di tempo,» disse Ian, scuotendo la testa con disappunto.

«Sono passati cinque anni,» ribatté Mason, puntandogli contro una forchetta.

«Evers non si arrenderà.»

Quando gli uomini tornarono al loro cibo, sembrò che la conversazione fosse terminata. Io mi voltai verso Ian. «Chi è Evers?»

Lui mi guardò e sorrise, con delle piccole rughe che gli si formavano agli angoli degli occhi. Nonostante lo conoscessi da così poco tempo, riuscivo a vedere che era un sorriso forzato, che stava cercando di proteggermi. Non voleva darmi alcun peso. «Solo una persona con cui lavoravo un tempo. Nell'esercito.»

«In Inghilterra?»

«Mohamir.»

Mohamir? «È vicino alla Persia?» domandai.

Kane annuì. Io guardai lui. «Sì.»

Gli uomini finirono di mangiare senza discutere oltre, tutti chiaramente assorti nei propri pensieri. Sembrava che dovessi essere tenuta all'oscuro dei dettagli riguardanti un qualcosa che aveva a che fare con loro anni prima. Nessuno voleva approfondire la questione, ma sembrava aver avuto ripercussioni sull'umore di tutti. Una volta finito il pasto, si alzarono e sparecchiarono il tavolo, portando tutti i piatti in cucina per lavarli. Sembrava che toccasse a Mason pulire le stoviglie quella sera così come aveva dato una mano a cucinare; da quanto mi avevano detto prima, evidentemente facevano a turno anche per quello. Io arrossii al modo in cui si era presentato alla porta della camera prima e a come, in quel momento, avevo avuto le gambe tenute all'indietro da Ian mentre Kane mi depilava. Per fortuna, Kane gli aveva impedito di vedermi nuda e tanto lascivamente esposta, ma lui di sicuro era stato consapevole di cosa stesse accandendo. Mi sentivo le guance in fiamme.

Quando Mason mi colse a fissarlo, mi rivolse un sorriso e mi fece l'occhiolino. Arrossii ancora di più e distolsi lo sguardo. Mentre me ne stavo in piedi in mezzo ala cucina, gli uomini mi giravano attorno ed io mi sentii sopraffatta. Tutti avevano così tanta famigliarità gli uni con gli altri, erano così organizzati, così a proprio agio. Mi sentivo fuori posto, agitata e in ansia di fare un passo falso. Invece di rimanere in mezzo alla folla, decisi che avrei potuto dare una mano prendendo gli ultimi piatti rimasti, per cui tornai nella sala da pranzo solo per immobilizzarmi sulla porta.

In un angolo c'era Ann, con le mani contro la parete, Robert vicino dietro di lei. Che se la scopava. Ingenua com'ero, sapevo a cosa stessi assistendo, per quanto non avevo mai saputo che lo si potesse fare da in piedi. Robert aveva i pantaloni slacciati quel poco che bastava per liberarsi l'erezione, che, dall'altra parte della stanza, mi sembrava piuttosto grande. La affondò tutta dentro Ann, poi si ritrasse, mani sui suoi fianchi, tirandoli indietro e tenendola ferma al suo posto, riempiendola più e più volte.

Andrew era in piedi accanto a lei, uccello in mano, ad accarezzarselo su e giù con la mano. «Brava ragazza, Ann. Nessuno di noi due sarebbe riuscito ad aspettare per scoparti dopo che ti abbiamo vista agitarti e dimenarti sulla sedia sapendo che avevi il culo bello pieno, sapendo che appartieni a noi.»

Le sue parole non furono rozze, bensì gentili, piacevoli. Rilassanti. Ann gridò, e sicuramente di piacere. «Sì, oh, Robert. Più forte.»

«Ti piace quel che vedi?»

Quelle parole all'orecchio mi fecero saltare e mi portai una mano sul petto. «Ian, mi hai spaventata.»

«Potresti pensare che Andrew e Robert siano uomini rozzi, magari crudeli per aver parlato in maniera così schietta di Ann. Ti sembrano insensibili?»

Ann a quel punto venne, il suo piacere che le sfuggiva in un gemito profondo.

Quel verso mi scosse nel profondo. Volevo ricevere le attenzioni dei miei mariti proprio come stava facendo Ann in quel momento. Volevo provare ciò che stava provando Ann, un piacere profondo che le arrivava fino alle ossa e che non poteva essere smorzato. Mi agitai, sfregandomi le cosce l'una contro l'altra, decisamente bagnate. I capezzoli mi si indurirono in maniera quasi dolorosa.

«Vedi? Loro amano Ann, proprio come noi amiamo te.»

«Perché lo stanno facendo dove possiamo vederli?»

«Si stanno prendendo cura di lei. Hai visto che Andrew era eccitato a tavola. Nessuno di loro riusciva ad attendere. Lei ha bisogno che i suoi uomini riconoscano quando è pronta per una bella scopata. La maggior parte di quell'agitazione a tavola non era per via del plug, bensì perché la sua fica era pronta a farsi scopare. Le sue necessità hanno la priorità, ovunque si trovino. Tutti noi lo comprendiamo. E poi, Ann sa quanto i suoi mariti siano soddisfatti di lei e loro non hanno paura di dimostrarlo.»

Robert si spinse dentro un'ultima volta, poi si tenne fermo mentre serrava la mascella e stringeva la presa sui fianchi di Ann. Dopo un momento, si tirò fuori, il suo uccello ormai sazio, del seme bianco che gocciolava da Ann sotto ad un oggetto scuro che le spuntava dall'ano. Oh! Era quello il plug? Sembrava enorme! Potevano prendersela con quello dentro di lei?

Andrew prese il posto di Robert dietro di lei senza troppe cerimonie, riempiendola. «Ann, sei così stretta, così bagnata del suo seme.»

Ian mi prese per mano e mi portò via dalla stanza in direzione delle scale, mentre i gemiti di Ann ci seguivano. «Dove stiamo andando?»

Kane ci stava aspettando sul pianerottolo. «Ci hai soddisfatti durante il pasto, per cui ora ci occuperemo di te.»

CAPITOLO 13

ANE

Le parole di Simon a cena mi avevano reso distratto e agitato. Completamente fuori di me. Stavo conducendo mia moglie su per le scale fino in camera mia per spogliarla e farla urlare e stavo pensando agli uomini che stavano arrivando in cerca di Ian. Non c'era dubbio sul fatto che si trattasse di Evers, o quanto meno di uomini mandati da lui. Una volta che avessero trovato Ian, l'avrebbero trascinato in Inghilterra per un processo. O magari l'avrebbero semplicemente trascinato fin sul promontorio per spargli, impartendo la loro giustizia spicciola privata. Nessuno di noi avrebbe permesso che accadesse. Ian non aveva fatto nulla di sbagliato ed Evers lo sapeva. Tuttavia, addossare i suoi stessi crimini meschini su di lui gli aveva permesso di mantenere la faccia. Un duca non poteva essere macchiato di omicidio, nemmeno in guerra. Nemmeno in una terra, una cultura, così diversa come il Mohamir.

Quando Ian chiuse la porta alle nostre spalle con un click deciso, io dovetti mettere da parte quei pensieri per il momento. Emma aveva bisogno della nostra attenzione. Se la meritava. Le era necessaria. Quando lo sguardo di Ian incrociò il mio sopra la sua testa, riuscii a leggergli nella mente. Qualunque cosa gli fosse successa, mi sarei preso cura io di nostra moglie. Ci sarei stato per lei. L'avrei protetta. Anche quando Ian non ci sarebbe stato.

Col cazzo.

Il sole era calato, la stanza era invasa dalla morbida luce serale, ma non faceva ancora abbastanza buio da esserci bisogno di accendere la lampada. Una leggera brezza entrava dalla finestra aperta e riuscivo a sentire gli uomini ancora al lavoro al piano di sotto. Una volta finito di pulire, avrebbero portato a termine qualunque compito fosse rimasto da svolgere con i cavalli e sarebbero tornati alle loro case sparse per il ranch.

«Hai mai visto un uomo completamente nudo prima d'ora, Emma?» domandai, sbottonandomi la camicia.

Lei scosse la testa, osservando con attenzione le mie dita e il petto che veniva scoperto un bottone per volta.

«Io ero nudo, ma me la sono scopata sotto le lenzuola in hotel questa mattina,» mi disse Ian, poi sogghignò malizioso. «Avevamo poco tempo.»

«Non verrai mai più scopata sotto le lenzuola fino alla prossima bufera di neve. La tua eccitazione mi ha stuzzicato per tutto il pranzo.»

«La mia... la mia eccitazione?»

«Il tuo odore. I tuoi capezzoli duri che premevano contro l'abito. Le tue guance rosse. Togliti il vestito, piccola,» dissi, la voce roca. Avevo dovuto imporre alla mia erezione di sottomettersi, prima, quando avevo infilato la testa tra le sue cosce, quando avevo guardato Ian infilarle il plug nell'ano vergine. Perfino durante il pasto. Adesso, però, non potevo più aspettare.

«Non vi dà fastidio che Mason sappia che cosa stavamo facendo prima? Andrew e Robert non dovrebbero tenere segreto ciò che fanno con Ann?» domandò lei, slacciandosi il corpetto. Non mi importò che me lo chiedesse, ero solamente contento che si stesse togliendo l'abito senza che avessi dovuto insistere.

Smisi di svestirmi e le rivolsi tutta la mia attenzione dal momento che si trattava di una domanda seria. Una importante.

«Non ci sono segreti a Bridgewater, piccola.»

«Privacy, sì, ma niente segreti,» aggiunse Ian.

«Nessuno degli altri uomini ti desidererà mai come facciamo noi solo perché sa che hai la fica depilata e perfettamente liscia. Non penseranno male di te se ti sentono gridare quando vieni. In effetti, se la prenderebbero abbastanza con noi se non sapessero che ci stiamo prendendo cura di te come si deve. Il tuo piacere conferma semplicemente il fatto che siamo dei bravi mariti.»

«Tu appartieni a noi e loro lo sanno,» aggiunse Ian. «Proprio come Ann appartiene ad Andrew e Robert nonostante noi li abbiamo visti scopare al piano di sotto. Presto anche gli altri uomini troveranno delle mogli tutte per loro.»

Lei rifletté sulle nostre parole mentre se ne stava lì in piedi, il corpetto aperto quel tanto che bastava a farci scorgere i rigonfiamenti cremosi del suo seno. Avevo bisogno di calmarmi; volevo alleviare tutta la tensione che avevo in corpo perdendomi dentro di lei. Tuttavia, non sarebbe successo quella sera. La sua fica era indolenzita e non sarebbe stata un'opzione disponibile per farmi trovare sollievo, tuttavia c'erano molti altri modi in cui poterle dare piacere e fare in modo che lei ci soddisfacesse a sua volta.

Emma armeggiò con gli ultimi bottoni, distratta da Ian e decisamente ancora eccitata da prima. L'avevamo lasciata vogliosa e bramosa, il suo orgasmo tanto vicino eppure inarrivabile. Solamente quando avesse accettato il piacere come suo dovere in quanto nostra moglie le avremmo permesso di venire. Era una punizione che si stava autoinfliggendo da sola.

«Perché questo Evers vi fa arrabbiare?» chiese. Dovevo aver risposto abbastanza rapidamente alla sua domanda precedente da farle cambiare argomento. Non sembrava essere nella sua natura lasciare le proprie preoccupazioni irrisolte.

Ian si interruppe mentre si apriva la patta dei pantaloni e si accigliò. «Era il nostro ufficiale comandante durante il periodo trascorso nel Mohamir.»

«Nostro?»

«Non fermarti, Emma. Voglio vederti,» le dissi, reindirizzando i suoi pensieri. Le sue dita ripresero a muoversi, ma riuscivo a vedere dall'espressione concentrata nei suoi bellissimi occhi che non si sarebbe fatta scoraggiare. Avrei voluto conoscere i suoi pensieri, condividere le sue esperienze, conoscerla. Evers era solamente una persona a cui nessuno di noi due voleva pensare, tantomeno parlarne, specialmente quando c'era una parte di capezzolo rosa che faceva capolino una volta che l'abito allentato aveva cominciato a scenderle lungo le spalle.

«Mio, di Kane, Mason, Brody, Simon e anche Rhys.» Ian pronunciò il nome dell'ultimo uomo con l'accento inglese, "Reese". «Siamo stati stanziati per un po' assieme a guardia delle navi britanniche nello stretto di Dardanelli, poi abbiamo viaggiato insieme ai dignitari inglesi fino al Mohamir per incontrare i leader religiosi e laici della regione.»

L'abito le scivolò di dossso e si ammucchiò ai suoi iedi. Sia io che Ian ci prendemmo un istante per rifarci gli occhi, osservando i suoi capezzoli indurirsi. Sembravo avere una certa ossessione per quei capezzoli.

Mi strappai via la camicia, levandomi il più in fretta possibile gli abiti. Ian era già nudo e si era posizionato al centro del letto. «Vieni da me, ragazza.»

Emma salì sul letto e Ian se l'attirò al petto, baciandola e avvolgendola al sicuro tra le sue braccia. A me venne l'acquolina in bocca per via della necessità di baciarla a mia volta. Era passato troppo tempo. Un'ora, forse?

«Evers non ha importanza adesso,» disse Ian, sollevando la testa per guardarla, per scostarle i capelli dal viso con una carezza. «Cristo, sei così bagnata che riesco a sentirlo sulla coscia.» Sollevò la gamba così da premerla contro la sua fica nuda.

Facendo il giro del letto, io mi sedetti con la schiena contro la pediera, osservandoli, sollevando una mano per accarezzarle la gamba lunga.

«Dal momento che sei troppo indolenzita per scopare, ti assaggerò. Sali qua sopra,» disse Ian, sollevando facilmente Emma e voltandola così che guardasse verso di me, ma si trovasse ancora a quattro zampe a cavalcioni del corpo di Ian. Afferrandola per i fianchi, lui la tirò indietro così che gli si sedette in faccia.

«Ian, cosa-»

Seppi che Ian aveva iniziato a leccarle e succhiarle la fica quando lei spalancò gli occhi e trasalì, i seni che ondeggiavano sotto di lei.

«È così dolce, così fottutamente bagnata. Ha un sapore incredibile,» mormorò Ian da in mezzo alle sue cosce.

«Vuoi venire, Emma?» le chiesi io. Lei aveva chiuso gli occhi e stava ansimando ad ogni passata della lingua esperta di Ian.

«Sì!» urlò lei.

«Non sei preoccupata del fatto che sia sbagliato?»

domandai, stuzzicandola intenzionalmente. Prima l'avevamo lasciata insoddisfatta perché aveva considerato sbagliato il trovare piacere nello stare con entrambi, nel fatto che le toccassimo il corpo, *tutto* il suo corpo in diversi modi molto intimi. Speravo di non dover continuare con la lezione, ma l'avrei fatto se necessario.

Lei scosse la testa, i capelli scuri che formavano una tenda attorno alle sue spalle e lungo la sua schiena.

«No? Prima di pranzo non volevi venire.»

«Io... ne ho bisogno.»

Le sorrisi, per quanto non potesse vedermi con gli occhi chiusi.

«Brava ragazza. Abbassa lo sguardo, Emma.»

Lei aprì lentamente gli occhi per guardare verso il pene eretto di Ian, che si trovava ad appena un centimetro dal suo mento. «Succhiaglielo, piccola.» Mi spostai così che il mio uccello si trovasse proprio alla sua destra. «Succhialo ad entrambi. Dopo che avrai ingerito il nostro seme, Ian ti farà venire.»

Ruiscii a capire che Ian aveva rallentato le proprie attenzioni perché Emma agitò i fianchi e piagnucolò.

«Prendilo in bocca, proprio come hai imparato sulla diligenza.»

Lei lo fece, lavorandosi Ian con piccole leccatine, per poi prenderlo in bocca più che poté. Era grande, troppo grande per lei, ora.

«Metti la mano attorno alla base, appoggia l'avambraccio sul letto. Sì, così. Ora, usa l'altra mano su di me. Brava ragazza.»

Non ci volle molto prima che Ian venisse; era senza dubbio pronto tanto quanto me. Guardare Emma prendersi il plug prima e vederla guardare un'altra donna che si faceva scopare poi, era stata personalmente una tortura. L'espressione sul suo volto, il desiderio nudo e crudo, mi avevano portato sul punto di venire dentro ai pantaloni come un adolescente arrapato. Vederla cavalcare la faccia di Ian non mi stava aiutando. Leccare ogni singola goccia del suo miele stucchevole di certo l'aveva spinto oltre il limite. Mi ricordavo quanto fosse dolce da prima.

Lui impennò i fianchi e gemette. Emma incavò le guance, succhiandolo, prendendosi il suo seme, la sua gola che si adattava a riceverlo tutto. Lei sollevò la testa e si pulì la bocca col dorso della mano, una sola, piccola goccia di seme sul labbro.

«Brava ragazza, piccola. L'hai preso tutto. Ora prendi il mio seme e Ian ti darà la tua ricompensa.»

Lei aveva il volto arrossato, gli occhi semi chiusi per il desiderio. Più in basso, i capezzoli erano di un rosa acceso e induriti.

«Vuoi la tua ricompensa?»

Lei annuì. «Oh, sì,» esalò senza fiato, voltando la testa per aprire le labbra rosse e gonfie e prendermi a fondo.

Io sibilai nel sentire il calore della sua bocca, quanto fosse bagnata, come la sua lingua mi accarezzasse la spessa vena lungo l'erezione. I testicoli mi si strinsero, pronti all'orgasmo.

«Non c'è nulla di male, piccola, nel trarre piacere dai tuoi mariti,» dissi a denti stretti. «Nel darlo a noi. Sì, proprio così, ora succhiamelo. Brava ragazza.» Non riuscii a parlare per un minuto, osservando la sua testa che si alzava e abbassava sul mio inguine, sentendo le sue guance incavate succhiarmi forte. Il piacere fu così intenso che mi ritrovai sul punto di schizzarle dentro la gola.

Quando Ian si riprese, tornò a lavorarsi con fervore la fica di Emma, afferrandole saldamente i fianchi per tenerla ferma. Mentre lei mi succhiava, gemette, facendomi riverberare delle deliziose vibrazioni lungo l'uccello. Fu la mia fine. Nulla avrebbe potuto impedire all'orgasmo di travolgermi ed io gemetti. Mentre lo facevo io, anche lei venne, urlando attorno al mio cazzo, ingoiando con voracità il mio seme, le mani che si stringevano a pugno sulla coperta. Una volta che ebbi finito di pulsarle in bocca, lei sollevò la testa e gridò, «Ian, sì!»

Lui invertì le posizioni così che Emma fosse sdraiata sulla schiena e cominciammo entrambi a lavorarcela. Era già venuta una volta, ma non avevamo finito. La mia mano si tuffò tra le sue cosce trovandola bagnata e liscia, infilando due dita con facilità, ma anche con delicatezza, dentro il suo stretto canale. Mi misi alla ricerca dei suoi punti di piacere segreti, trovando quel piccolo rigonfiamento dentro di lei che la faceva urlare, mentre Ian le succhiava un capezzolo, strattonandolo coi denti, le sue dita che massaggiavano l'altro.

Emma venne di nuovo in fretta, il suo corpo che si curvava come un arco, un grido roco che le sfuggiva dalle labbra. Ian afferrò il vasetto di lubrificante e vi affondò le dita mentre io facevo di nuovo voltare Emma. Questa volta, Ian le infilò un dito nell'ano stretto mentre io continuavo a scoparle la fica con le mie. Mentre lo facevamo, le parlavamo. *Sei davvero bellissima, Emma, cazzo. Sei così sensibile, guarda come stai venendo di nuovo. Vedi, puoi venire con qualcosa nel culo. Oh, è decisamente meglio, così, non è vero? Presto saranno i nostri cazzi a riempirti. Insieme.*

Ce la lavorammo finchè la sua voce non si fece roca, la sua pelle madida di sudore, il suo corpo che cavalcava le nostre dita senza ritegno fino a quando non si accasciò, del tutto esausta.

Sdraiata a pancia in giù com'era, Ian prese il piccolo plug che avevamo usato prima su di lei. Unto grazie alle sue dita, riuscì a entrarle dentro facilmente. Lei non si mosse nemmeno. Ammirammo quanto fosse bella la sua fica, specialmente ora che sapevamo che il suo ano si stava allargando in preparazione del fatto che ce la fossimo presa assieme. Attirandola sotto le coperte, la lasciammo dormire ed io fui più che soddisfatto dei progressi che stava facendo. Ero contentissimo di averla salvata da un destino incerto. Commosso dal fatto che appartenesse a noi.

CAPITOLO 14

ANE

«Chi viene con te?» chiesi a Ian dalla porta della cucina. Stava preparando del caffè. Emma dormiva nel mio letto, non si era mossa quando eravamo usciti dalla stanza. Io mi ero infilato i pantaloni, ma nient'altro. Ian era vestito, aveva perfino la cintura con la pistola sistemata in vita. Era tardi, quasi mezzanotte, e avevamo la casa tutta per noi. L'unico rumore presente proveniva dal ticchettio del pendolo nell'altra stanza.

«Mason.» Ian aveva i capelli arruffati e, invece di mettersi a dormire accanto ad Emma, aveva intenzione di dirigersi a Bozeman per scoprire chi fosse venuto a cercarlo.

«Evers non verrà di persona.»

«No. Una pattuglia di ricognizione.» Afferrò una tazza. «Non si macchierebbe le mani col lavoro sporco.»

Io concordai. «La distanza è troppa, dovrebbe stare via troppo tempo. Come giustificherebbe un viaggio in America?

Il Duca di Everleigh che va in America.» Scossi la testa. «Non succederebbe.»

«Dovremmo stare via una settimana.» Fece spallucce, bevve un sorso della bevanda calda e fece una smorfia. Faceva un caffè denso come il fango una volta. «Gli uomini di Evers possono attendere un giorno. Hanno aspettato cinque anni. Un giorno in più non farà la differenza, sai. Voglio – diamine, ho bisogno – di occuparmi del fratellastro di Emma, prima.»

La mia ira per quell'uomo tornò a divampare come brace sul fuoco. «Thomas James.»

Ian annuì. «Sì. Mi occuperò di quel bastardo.»

A denti stretti, risposi, «Bene.»

«Tu la proteggerai?» Cambiando discorso, si voltò a guardarmi. I suoi occhi erano... tetri.

«Ma certo. Tu occupati del suo fratellastro, io mi prenderò cura di lei.»

«Non mi ero aspettato che accadesse così in fretta. Sapevo che Evers sarebbe venuto a prendermi, prima o poi, ma proprio dopo che abbiamo trovato Emma? Un crudele scherzo del destino. L'abbiamo appena fatta nostra. Dovrei stare qui con entrambi voi, dal momento che lei dovrebbe venire addestrata da entrambi i suoi uomini. Questa maledetta situazione me lo sta impedendo.»

Nel Mohamir avevamo imparato ben più che a difendere la Corona. Quando eravamo stati a capo della protezione di un leader laico locale – un uomo con tre fratelli, ognuno dei quali condivideva la stessa moglie – avevamo scoperto che le rigide usanze vittoriane con le quali eravamo cresciuti erano intese solamente per il vantaggio dell'uomo. In Inghilterra, una donna era di proprietà del marito, che poteva usarla e abusarne come meglio credeva, scopandosi nel mentre una sfilza di cortigiane e lasciando la moglie fredda e insoddisfatta. La moglie del capo del Mohamir, quando l'avevamo consciuta, era stata una sottomessa nel matrimonio a cinque, ma era piuttosto felice. Veniva accudita – una parola che il capo utilizzava di frequente – e protetta non solo da un uomo, ma da tanti. Le sue necessità venivano soddisfatte, ogni desiderio carnale esaudito. Quando uno dei fratelli era morto in seguito ad una caduta da cavallo, non era rimasta sola, povera e senza mezzi di sostentamento per badare a se stessa e ai propri figli. Avevamo imparato molto da quel leader, da tutti i suoi fratelli, e avevamo scelto di seguire la cultura del Mohamir nel rivendicare una sposa.

L'Inghilterra non era il posto giusto per mettere in pratica quello stile di vita alternativo. Sarebbe stato troppo difficile da nascondere. L'America, specialmente il West, era una nuova frontiera, dove i terreni aperti abbondavano e gli uomini erano liberi.

Io ed Ian eravamo stati come fratelli per anni. Non c'era stato dubbio sul fatto che avremmo condiviso una sposa. Fino ad Emma, quella donna era stata solamente un sogno. E adesso, lei era al piano di sopra, che dormiva dopo essere stata sfinita dalle nostre attenzioni. Col cavolo che Ian se la sarebbe persa. Evers non gliel'avrebbe tolta come aveva fatto con i suoi gradi, la sua carriera militare e il suo paese.

«Vai. Occupati del problema, poi torna qui.»

«Il suo culo è mio, Kane.» Mi guardò dritto negli occhi. Con chiarezza.

Annuii. «Te la preparerò.»

Mi ero preso la sua verginità. Lui si sarebbe rivendicato il suo culo.

«Tornerò.»

EMMA

. . .

Era la seconda mattina che mi svegliavo avvolta nell'abbraccio di un uomo. Questo, tuttavia, non era di Ian. Avevo cominciato presto a distinguere i miei uomini – erano passati solamente due giorni? – e mi davano sensazioni diverse, avevano un odore diverso, mi tenevano in maniera diversa.

Questo era Kane. Le sue mani erano più rozze. Il suo profumo era... lui. Boschivo, aria fresca. Cannella. Ian mi teneva come se fossimo stati due cucchiai in un cassetto. Kane mi teneva sdraiata sopra di sé, con una delle mie gambe sulle sue e i seni premuti contro di lui, i peli scuri e radi del suo petto che mi solleticavano. Me ne stavo comodamente con la testa sopra la sua spalla, il naso a sfregargli contro il collo. Inalai il suo profumo, contenta del fatto che fosse fermo. Potevo prendermi del tempo per osservarlo, per riflettere su di lui, su ciò che lui ed Ian mi avevano fatto la sera prima. L'ultima cosa che ricordavo era essermi trovata a pancia in giù, con le ginocchia piegate contro il petto e le mani di entrambi i miei uomini sulle mie cosce aperte. Mi avevano toccato entrambe le aperture ed io ero venuta, più e più volte. Avevo perso la testa, mi ero abbandonata al piacere che mi avevano estratto dal corpo. Non mi era importato del fatto che due uomini mi stessero toccando. Non mi era importato del fatto che le dita di Ian mi avessero penetrato l'ano. Non mi era importato del fatto che avessi succhiato il cazzo a entrambi e avessi ingoiato tutto il loro seme. Me l'avevano fatto sembrare un gesto intimo e speciale e mi avevano dato la sensazione che il mio corpo fosse stato fatto apposta per loro.

E, a quanto pareva, lo era. Tutti i miei sensi si risvegliavano quando mi trovavo con loro. Le sensazioni erano più profonde di qualsiasi altra cosa avessi mai provato prima. La mia pelle era più sensibile, il mio corpo più reattivo. Mi sentivo appetibile, vogliosa, delicata e sfrontata. Quell'ultima sensazione era più forzata delle altre, ma ad ogni modo, Ian e Kane mi facevano *sentire*. Non avevo idea di cosa mi fosse mancato nella vita fino a quel momento. Era ancora presto, ma mi sentivo incredibilmente grata del fatto che Thomas fosse stato un uomo così orribile da aver scelto di lasciarmi nel bordello. Se non l'avesse fatto, sarei ancora sola e annoiata a occuparmi dei suoi bambini e ad aiutare nei lavori a maglia e nei pranzi della chiesa del tutto inconsapevole del legame che ci dovrebbe essere tra una donna e i suoi mariti.

Al sicuro tra le braccia di Kane, interrogai il mio corpo. Ero soddisfatta, rilassata, eppure avevo qualcosa nel di dietro, qualcosa di duro che mi riempiva. Contraendo i muscoli, cercai di spingerlo fuori, ma non si muoveva. Doveva essere il plug che avevano utilizzato il giorno precedente prima di cena, ma me l'avevano rimesso di nuovo dopo che mi ero addormentata. Non era proprio fastidioso, ma era... lì.

I peli scuri del petto di Kane erano proprio lì per essere toccati. Non avevo avuto occasione di giacere con lui quando eravamo stati svegli. Quell'uomo era tutto azione e autorità. Adesso che era addormentato, riuscivo a sentire il suo cuore battere sotto la mia guancia, a osservare il suo petto alzarsi e abbassarsi. I suoi peli morbidi e radi mi solleticavano ed io vi passai con attenzione un dito sopra. La sua pelle era incredibilmente morbida per uno così forte.

«Riesco a sentirti pensare,» mormorò Kane, la voce densa di sonno.

Mi irrigidii tra le sue braccia, ma quando lui mi strinse in maniera rassicurante, mi rilassai. «Non mi ricordo cosa sia successo ieri notte.»

«Ti abbiamo fatta venire. Più e più volte.»

Gli feci scorrere pigramente il dito tra i peli scuri. «Quello me lo ricordo.»

«Il tuo corpo era troppo esausto dal piacere per restare sveglio.»

«Perché?»

«Perché sei venuta più volte? Perché hai rinunciato alle tue inibizioni, se non altro per un breve periodo di tempo. Immagino che adesso siano tornate a pieno regime.»

«Perché lo pensi?» chiesi, sebbene sapessi che aveva ragione, ma non avevo intenzione di dirglielo.

«Perché ti sei resa conto di avere un plug nel clulo.»

«Sì, infatti,» borbottai.

Lui si spostò e sgattaiolò via da sotto di me così che mi ritrovai sdraiata a pancia in giù.

«No, non muoverti,» disse, venendo a inginocchiarsi dietro di me. Io mi lanciai un'occhiata alle spalle e riuscii a vedergli il pene, che svettava completamente eretto da una zazzera di peli scuri. L'avevo preso in bocca! Mi era stato dentro... e mi era piaciuto.

«Mettiti le ginocchia sotto il petto.»

Lo guardai accigliata. Lui si limitò ad aggrottare la fronte a sua volta, per cui obbedii. Non c'era dubbio su cosa potesse vedere di me in quella posizione.

«Brava ragazza. A differenza di Ann, penso che per te sia meglio proseguire l'addestramento col plug solamente quando dormi. Rilassati. Te lo tolgo.»

Mi rilassai, forse perché lui mi aveva messo una mano sul fondoschiena e mi stava estraendo il plug, o perché non ne avrei avuto uno a riempirmi durante il giorno. Facendo una smorfia, esalai dalla bocca mentre lui lo tirava delicatamente fuori.

Una volta che lo ebbe tolto, mi sentii... vuota.

«Così bella, piccola.» Un dito mi passò sull'apertura allargata ed io trasalii. «Shhh, piano. Ha funzionato benissimo. Stanotte proveremo una taglia più grande.»

Si chinò sopra di me così che sentii i suoi peli del petto

solleticarmi la schiena. Mi sussurrò all'orecchio. «Ian ti ha detto che ti avremmo scopata ogni mattina?»

Annuii, la figa che si contraeva pregustando il suo uccello. Se lui mi avesse fatto provare le sensazioni della sera prima, non mi sarei lamentata.

«Bene. Sentiamo se sei pronta.» Fu allora che sentii le sue dita scivolarmi dentro e non ci fu dubbio sul fatto che fossi ansiosa di averlo. Sospirai di piacere e sentii quanto gli fu facile entrare.

«Oh, piccola, sei così bagnata. Ti fa ancora male?»

Scossi la testa. Tutto ciò che sentivo era un calore delizioso.

Quando si spostò sulle ginocchia, sentii la punta spessa del suo uccello colpirmi dove aveva appena estratto le dita.

«Mi prenderai così – da dietro?» domandai, sorpresa mentre lui mi riempiva completamente. Gemetti.

«Oh, piccola. Proprio così.»

CAPITOLO 15

MMA

La colazione fu praticamente come ogni altro pasto con tutti che mangiavano attorno al grande tavolo da pranzo. Ann stava sorridendo ai suoi mariti e non sembrava nei guai o imbarazzata per quanto successo la sera prima, né si agitava o dimenava sulla sedia.

«Grazie per avermi permesso di prendere in prestito un po' dei tuoi abiti,» le dissi, mentre mi sedevo, con Kane che mi teneva la sedia scostata dal tavolo.

Ann sorrise. «Quel vestito ti sta benissimo, per quanto sembri riempirlo meglio tu di me.» Il corpetto *era* un po' stretto, ma a Kane non sembrava importare dal momento che i suoi occhi continuavano a scendere sui bottoni tirati.

Lui si chinò su di me e sussurrò. «A me il vestito piace di più così. Magari un paio di questi salteranno via?» Il suo dito corse sul bottone più alto.

Roteai gli occhi e gli sorrisi sapendo quanto gli piacessero i miei seni.

Una volta a tavola, con i vassoi di uova e prosciutto che mi venivano passati, mi resi conto che c'erano dei posti vuoti. «Dov'è Ian? E, um... Mason?»

Sedendosi accanto a me, Kane prese il vassoio di prosciutto e ne mise una fetta nel mio piatto, poi un'altra nel proprio. «È andato a Bozeman.»

Andato? Esitai. «Pensavo che avesse del lavoro o dei compiti da svolgere. Se n'è andato per via di ciò che avete detto la scorsa notte?» Guardai Simon.

L'uomo annuì.

«Perché?» domandai.

Tutti guardarono Kane. Magari, in quanto mio marito, toccava a lui rispondere. «Ti ho detto che alcuni di noi erano stazionati assieme nel Mohamir sotto il comando di un uomo di nome Evers. Si è verificato un incidente e Ian è stato coinvolto. Era innocente, ma è stato incastrato.»

«Incastrato?» chiesi io, preoccupata per Ian. «Per cosa?»

«Aver ucciso diverse donne e bambini.»

Rimasi a fissare Kane con gli occhi spalancati. Ian non avrebbe mai ucciso donne e bambini. Non lo conoscevo da molto, ma avrei potuto garantire comunque per lui.

«Sì, quello che ha detto Brody è vero. Evers ha ucciso una famiglia. Non scenderò nei dettagli del come o perchè dal momento che sono troppo cruenti.»

Abbassai la forchetta, il cibo aveva perso ogni attrattiva.

«Quando si è sparsa la voce di quell'orrore, Evers ha imputato il crimine a Ian.»

Mi accigliai. «Perché mai l'avrebbe fatto?»

«Lui è scozzese, non inglese.»

«E allora?»

«Non conosci la storia inglese,» disse Andrew col suo accento americano. «Nemmeno io fino a quando non ho conosciuto questi uomini.» Piegò la testa per indicare gli inglesi seduti a tavola.

«Gli scozzesi desiderano la libertà dagli inglesi da centinaia di anni. La Battaglia di Culloden nel secolo scorso ha messo fine ai clan, ma nelle vene degli uomini di entrambe le fazioni scorre ancora dell'odio. Tornando in Inghilterra, Ian potrebbe essere sottoposto a processo e condannato per il crimine di Evers già solo per il fatto di essere scozzese; tanto è forte quell'odio.»

Sentii montare il panico. «Dobbiamo andare da lui. Impedire a quest'uomo di prendere Ian!» Spinsi indietro la sedia, tuttavia la mano di Kane sullo schienale mi fermò.

«Emma, fermati.» La sua voce era profonda e chiara.

Scossi furiosamente la testa. «No, dobbiamo aiutarlo.»

Lui abbassò la testa così che i suoi occhi scuri incrociassero e sostenessero i miei. «Non voglio sculacciarti per aver disobbedito quando stai chiaramente pensando a cosa è meglio per Ian.»

«Ma-» Lui mi mise un dito sulle labbra, inarcando le sopracciglia.

«Pensi che io, o chiunque di questi uomini, ce ne staremmo seduti qui a fare colazione se pensassimo davvero che Ian è in pericolo?»

Quando la metteva così, capivo di stare agendo in maniera avventata.

Accasciai le spalle in una maniera decisamente poco da signora. «È solo che...»

Kane mi diede un bacio sulla fronte, le labbra calde. «Lo so.»

Sapeva davvero quanto Ian stava cominciando a significare per me? In così poco tempo, mi importava di quell'uomo. Amore? Forse no, ma non volevo vederlo ferito. Mi aveva trattata solamente con la massima cura. Con tenerezza, perfino. L'idea che qualcuno gli facesse un torto, e in una maniera tanto crudele e spietata, mi lasciava con l'amaro in bocca.

«Evers ha tutto questo potere?» domandai, avendo bisogno di dettagli. «Era stanziato nel Mohamir, un paesino lonano da casa. Chiedo scusa, ma non dev'essere stata una delle posizioni più ambite.»

Lanciai un'occhiata agli uomini, un po' timorosa di aver parlato a sproposito.

«Noi l'avevamo trovata un'esperienza piuttosto illuminante, fino a questo evento.» Kane mi prese la mano, rassicurandomi del fatto che le mie parole non erano state soppesate più del necessario. «Come ben sai, essere sposata con diversi uomini non è un'usanza del West.»

«Questo Evers è venuto fino a qui per riportare Ian in Inghilterra?» L'idea mi rendeva la colazione inappetibile.

Lui mi strinse la mano. «Evers non verrebbe qui. È troppo importante in Inghilterra, o quanto meno si considera tale. E poi, è dall'altra parte del mondo. Abbiamo scelto bene questo posto. Una volta scoperte le intenzioni di Evers di accusare Ian dei suoi crimini, ci siamo uniti e abbiamo lasciato il Mohamir per arrivare fin qui. Per restare al sicuro e custodire il segreto di Evers.»

«Qui, abbiamo trovato un luogo in cui sistemarci, in cui dare inizio alle nostre vite come fanno le famiglie del Mohamir,» aggiunse Simon.

«Una donna con diversi mariti,» conclusi io.

«Non è una cosa per la quale sono stata cresciuta,» mi disse Ann mentre guardava Robert e poi Andrew. «Ma mi trovo in una brutta posizione e dovevo sposarmi. Robert ha promesso di prendersi cura di me, di proteggermi e di assicurarsi che non avrei mai più rivisto mio padre. Era un... uomo crudele.»

Sul suo volto passò un'espressione di vecchio dolore.

«L'ho desiderata sin dal primo istante in cui l'ho vista,»

disse Robert, sollevando la mano di Ann e baciandole le nocche, il che la rallegrò immensamente.

«È stata una bella sorpresa quando ho scoperto che anche Andrew mi rivendicava come moglie. Era... complicato.» Ridacchiò e l'altro sorrise. Chiaramente ora erano felici, perfino innamorati, e mi ricordavo di come loro se la fossero presa insieme, tutti quanti a dar voce al proprio piacere.

«Cosa dobbiamo fare, starcene qui seduti a far niente mentre aspettiamo che tornino?» domandai, sentendomi impotente.

«Non esiste il far niente qui al ranch,» disse Simon, facendo ritorno dalla cucina con un vassoio che aveva di nuovo riempito di prosciutto. «Lavoriamo per il bene comune. Facciamo a turno a cucinare e a lavare i piatti come hai visto ieri sera. Questa mattina tocca a me. Ci sono molte cose da fare. I cavalli, il bestiame, i recinti, la manutenzione degli edifici, la lista è infinita.»

«Cosa pensi che ti interesserebbe, piccola?» domandò Kane.

Ci pensai un attimo. Ero cresciuta con un cuoco, una governante e altre persone ad occuparsi delle questioni più mondane. Ero... ero stata una donna di società e non ero esperta della vita in un ranch.

«So cavalcare. Magari posso offrire assistenza nelle stalle?» Guardai Kane, poi gli altri uomini attorno al tavolo.

«Allora cominceremo la giornata da lì.»

«Rilassati, Emma,» disse Kane in tono rassicurante. Ero a pancia in giù, con le ginocchia piegate sotto il petto nella mia solita posizione per farmi infilare il plug o farmelo togliere. Era mattina, per cui l'ultimo plug mi era stato dentro per tutta la notte.

«Mi... mi dispiace,» risposi, traendo un respiro profondo, per quanto non mi aiutò a calmarmi.

«Sei sveglia da appena un minuto. Cosa può innervosirti tanto?» spostò le mani da in mezzo alle mie cosce e me ne fece scorrere una lungo la schiena.

Io sospirai nel cuscino. «Ian. Mi preoccupo per Ian.»

La sua mano continuò con la sua lenta carezza rassicurante. «Piccola, non c'è motivo di preoccuparti. Sta bene.»

Gli lanciai un'occhiata da sopra la spalla, ancora una volta meravigliata. Aveva le spalle ampie, il petto robusto con dei peli scuri che scendevano in una linea sottile sotto l'ombelico fino alla zazzera alla base del suo uccello. Ce l'aveva sempre eretto; non c'era un attimo in cui l'avessi mai visto a riposo, nemmeno dopo una bella scopata. Sulla fronte gli ricadevano dei riccioli di capelli ribelli. Il sonno gli aveva rilassato il viso, se fosse stato possibile. Ero... incantata.

«Sono passati cinque giorni,» misi il broncio. Mi mancava Ian. Dovevo ammettere a me stessa di desiderare entrambi gli uomini. Volevo Kane... e Ian. Sembrava che qualcosa – qualcuno – mancasse quando Ian non c'era.

«Pensavo che tutto il tempo trascorso con i cavalli ti avrebbe distratta.»

Scossi la testa, abbattuta. «Mi è piaciuto, specialmente cavalcare con entrambe le gambe ai lati della sella invece che all'amazzone. Sembra una cosa così insignificante, però, a confronto con ciò che sta affrontando Ian.»

Lui mi fece scorrere la mano lungo la schiena fino a prendermi le natiche. «Fai un respiro profondo e spingi. Ecco. Brava ragazza.» Mi estrasse il plug e non si attardò a massaggiarmi con le dita. Era stata la routine di quegli ultimi giorni da quando Ian se n'era andato. «Sei stata così brava. Ora riesco a infilarti dentro due dita.»

Respirai pesantemente per via delle sue attenzioni: le sue due dita – delle dita molto grandi – si aprivano e mi allargavano ancora più del plug. Quella sensazione era un qualcosa a cui non mi sarei mai abituata. Era strano e fastidioso, eppure le sensazioni che mi suscitavano le sue dita quando mi sfregavano contro l'anello di muscoli in quel punto mi facevano ansimare e perfino venire. Non mi piaceva, ma allo stesso tempo lo adoravo.

«Ian sarà così contento quando tornerà. Vorrà vedere i progressi che hai fatto, vederti prendere dei plug sempre più grandi. Sarai pronta per il suo cazzo. Perchè sarà contento, piccola?»

Gemetti mentre spingeva le dita a fondo, con il lubrificante unto del plug che mi rendeva ancora ben scivolosa. «Perché... perché mi scoperà lì.»

«Esatto. Si prenderà il tuo culo vergine. Dopodiché, ti scoperemo entrambi. Insieme. Ian ti scoperà il culo mentre io mi scoperò la tua bella fica stretta. Cosa vorrà dire?»

Mi aveva detto quelle parole ogni mattina mentre si lavorava il mio corpo. Era un promemoria giornaliero del fatto che anche Ian fosse incluso nel nostro matrimonio, che non saremmo stati al completo fino a quando non fosse tornato. Che stava allenando il mio ano per Ian.

«Che siamo una cosa sola.»

Kane si mosse dietro di me e colpì l'apertura della mia figa con il suo uccello. Era così grande, così ampio che ogni volta che mi riempiva, mi allargava tantissimo. «Sarà così, ma meglio. Le mie dita sono sicuramente un pessimo sostituto dell'enorme uccello di Ian.»

Con quelle parole, si spinse a fondo, riempiendomi la figa, le sue dita nel mio culo, persuadendomi a sottomettermi del tutto. Kane aveva ragione. Senza Ian, venni, ma il piacere sapevo che non sarebbe stato lo stesso fino a quando non fosse tornato e il suo cazzo non fosse affondato a sua volta dentro di me.

CAPITOLO 16

MMA

Una sfida che scoprii fosse da affrontare nella vita in un ranch era la mancanza di solitudine. Kane mi restava vicino la notte da cena fino a colazione. Dopo aver mangiato la mattina, se ne andava a fare quello che doveva fare durante la giornata. Riparare un pozzo, far accoppiare una cavalla con uno stallone decisamente impaziente, sistemare il filo spinato, andare in paese a fare provviste. La lista era infinita. Quando non c'era Kane, di solito io lavoravo in compagnia di almeno uno degli altri uomini nelle stalle, se non di più. Ad Ann piaceva lavorare in giardino, l'immenso appezzamento di terra in cui coltivava ogni genere di frutta e verdura che avrebbe riempito la nostra dispensa durante l'inverno.

Quel giorno, tuttavia, gli uomini erano via a lavorare più in aperta campagna ed io mi ritrovavo da sola nelle stalle. Avevo cavalcato ogni giorno, con la promessa di restare in vista degli edifici quando mi trovavo da sola per la mia incolumità. Per fortuna, non avevo fatto nulla per meritarmi una punizione da parte di Kane mentre Ian non c'era, il che non aveva fatto che aiutarmi ad entrare nella routine dei miei compiti.

Dopo aver sellato il cavallo che Kane aveva scelto per me, condussi l'animale fuori dalle stalle alla luce del sole. L'aria era tranquilla e fresca; un rovescio di pioggia durante la notte aveva ricoperto tutto di rugiada.

Stavo appena tirando fuori dalla tasca una carota che avevo rubato in cucina per darla all'animale quando qualcosa in lontananza attirò la mia attenzione. Era un gruppo di uomini, quattro, a cavallo, per quanto non mi fosse chiaro chi fossero. Si stavano dirigendo a sud, dalla parte opposta del paese.

Un brutto presentimento mi si insinuò nello stomaco, sapendo che nessuno degli uomini del ranch era andato in quella direzione. Kane era insieme a Brody e Simon ad occuparsi di un vitello malato nel pascolo a nord. Rhys e Cross stavano apponendo del filo spinato ad un recinto appena riparato ad ovest. Ann molto probabilmente a quell'ora si trovava in giardino.

Lentamente, si avvicinavano, i cavalli che avanzavano a passo lento sul terreno come se avessero avuto tutto il tempo del mondo. Ci misi poco a riconoscere chi fosse, anche da quella distanza, poichè conoscevo l'aspetto di Ian, l'ampiezza delle sue spalle. Era con altri tre uomini. Degli sconosciuti. Oh, signore.

Lasciando andare le briglie del cavallo, corsi nelle stalle per afferrare un fucile, con la sicura e già carico, posto su dei pioli affissi alla parete, pronto all'uso al primo segno di pericolo. Kane me l'aveva indicato il primo giorno, assicurandosi che non conoscessi solamente i pericoli che abbondavano, ma anche come ce ne proteggevamo.

Di certo avevo famigliarità con i fucili. Prima che i miei

genitori morissero, mio padre mi aveva insegnato a sparare fino a quando non avevo imparato ad utilizzarne uno. Mi aveva anche fornito uno stile di vita che non mi aveva reso necessario usarlo. Fino a quel momento.

Tornando al cavallo, montai prudentemente in sella con l'arma carica e una gonna lunga e gli piantai i talloni nei fianchi.

«Ann!» gridai arrivando al giardino, il cavallo che sollevava fango con le zampe alle proprie spalle.

Lei si raddrizzò dalla sua posizione china accanto ai lamponi estivi.

«Ian si sta avvicinando con diversi uomini.»

Lei spalancò gli occhi sotto la tesa del cappello con cui si proteggeva dal sole, per via delle mie parole e molto probabilmente del fucile che tenevo in grembo. «Di certo non gli stai andando incontro?»

«È insieme agli uomini che lo stavano cercando. Lo so.»

«Come fai a saperlo?» domandò lei, la testa voltata in direzione dell'altura da cui proveniva il gruppo a cavallo, una mano sulla fronte per bloccare il sole.

Scossi la testa. «Lo so e basta.» Avevo il cuore che batteva forte e stavo respirando come se avessi corso fino al giardino invece di raggiungerlo a cavallo.

«Non puoi volerci andare da sola!» Il suo volto fu attraversato da un'espressione di terrore.

«E se fossero qui per gli altri?» Io guardai nella direzione opposta per vedere se qualcuno degli uomini fosse in vista. «Vuoi che li prendano tutti? Che li uccidano?»

«Potrebbero uccidere *te*,» controbatté lei, indicandomi.

«Ho il fucile.»

«Emma!» esclamò lei, ma io avevo già incitato il mio cavallo al galoppo.

La cuffia mi si sfilò dalla testa per via della velocità, sobbalzandomi sulla schiena mentre penzolava dal fiocco che me la teneva legata al collo. Ian era tornato ed era in pericolo.

Quando gli uomini mi videro avvicinarsi, si fermarono. Io rallentai fino al trotto, spostando il fucile così da poter mirare e sparare a piacere.

Ian era effettivamente uno di loro, con Mason, ora lo riconoscevo, alla sua sinistra, e due estranei a destra. Sembravano tutti sfiniti dal viaggio, con gli abiti impolverati e la pelle abbronzata dal sole. A giudicare dallo strato di sporcizia che avevano in volto, dovevano aver trascorso diversi giorni in sella. Ai miei occhi, Ian aveva un aspetto divino. Era intatto e non sembrava ferito. L'espressione sul suo volto, tuttavia, indicava che la situazione era disperata.

«Non siete i benvenuti qui. Lasciate andare Ian e non vi sparerò,» avvertii.

Gli altri uomini mi fissarono con un misto di espressioni diverse – divertimento, rabbia e sorpresa. Nessuno imbracciava un'arma come me, tuttavia due di loro avevano dei fucili in spalla. Erano seduti rilassati in sella, le mani sui pomelli.

«La ragazza ci sparerebbe?» domandò uno degli uomini a Ian. Il suo accento rispecchiava quello di mio marito.

Lui non distolse lo sguardo da me, per quanto lo assottigliò di fronte a quella domanda.

«Non lo so,» rispose. «Emma, abbassa il fucile.»

«No,» risposi io, scuotendo la testa. «Non permetterò a questi uomini di riportarti in Inghilterra.» Sollevai il fucile puntandolo contro quello più a destra. Lui alzò lentamente le mani, così come le sopracciglia.

«Immagino che questa sia tua moglie,» commentò.

«Sì,» replicò Ian, la voce in quel suo tono basso e severo. «Emma, abbassa il fucile.» Ripeté quelle parole con più insistenza.

«Non abbiamo intenzione di portare tuo marito in

Inghilterra,» disse l'altro straniero. Io spostai il fucile su di lui.

«Non lo faranno, Emma,» aggiunse Mason.

«Come faccio a sapere che non state mentendo?» Avevo i palmi sudati e le spalle cominciavano a farmi male per via del peso del fucile, ma mantenni la posizione.

«Perché lo dico io,» asserì Ian. Fece avanzare il proprio cavallo fino ad accostarsi al mio e mi prese l'arma dalle mani. Io esalai di fronte al sollievo per il fatto che stesse prendendo in mano lui la situazione, e lo stesso fecero gli altri tre uomini. «E anche Mason.»

Da vicino, vedevo la sua mascella pulsare, gli occhi socchiusi non per via del desiderio, come avrei tanto voluto vederli, ma per la rabbia. «Sei scema?» domandò, la voce alta. «Puntare un fucile in giro, avvicinarti a uomini che non conosci?»

Il suo accento scozzese era più marcato del solito.

«Sei innocente,» asserii.

«Lo è,» confermò un uomo alle sue spalle.

Io esitai a quelle parole, guardando Ian in cerca di conferma.

«Questi uomini sono MacDonald e McPherson. Scozzesi come me. Facevano parte del nostro reggimento nel Mohamir e sono venuti qui per unirsi a noi. Hanno dei nomi, ma non ce li hanno mai detti.»

Guardai gli uomini alle sue spalle. Loro si tolsero il cappello in cenno di saluto ed io arrossii. Mason si limitò a scuotere leggermente la testa come se fosse stato incredulo.

«Oddio,» sussurrai, accasciando le spalle.

Ian si voltò e lanciò il fucile ad uno degli altri uomini, che lo prese facilmente come solo uno abituato a maneggiare armi del genere avrebbe potuto fare. Mio marito scese da cavallo, fece il giro e mi si mise accanto, a braccia aperte. «Scendi, Emma.»

«Allora perchè sono qui?» domandai io, ignorando il suo ordine.

Lui sospirò, ma ciò non alleviò la sua rabbia. «Come ho detto, sono venuti a vivere qui. Sono emigrati in America.»

«Cosa?» Era l'ultima cosa che mi sarei mai aspettata. Voltando per un attimo la testa verso gli uomini, vidi la verità di quelle parole rispecchiata in piccoli cenni del capo da parte di tutti quanti.

«MacDonald, quell'idiota, è il fratello di Simon. Ora scendi da 'sto maledetto cavallo.»

Ora che me lo faceva notare, la somiglianza era palese. Oddio. Ero in guai grossi.

Abbassai lo sguardo su Ian solo per un istante, sapevo dalla sua espressione, da come serrava la mascella, dal timbro della sua voce che ero in pessimi guai. Gettando una gamba oltre la sella, lasciai che Ian mi tirasse a terra, mi prendesse per mano e mi trascinasse diversi metri più lontano fino ad un grosso macigno, uno dei tanti che costellavano il paesaggio aspro. Si sedette di colpo e mi attirò bruscamente sulle sue ginocchia, a pancia in giù.

«Ian!» gridai, un attimo prima che l'aria mi abbandonasse i polmoni con un sonoro umph. Mi ero aspettata che mi attirasse in un abbraccio, un bacio, qualcosa che ponesse fine alla mancanza di attenzioni e di affetto che avevo patito in sua assenza.

Senza tante cerimonie, lui mi sollevò la gonna sulla schiena esponendo il mio sedere nudo all'aria, a lui e agli altri tre umini. Non parlò, non si attardò, si limitò a sculacciarmi – con forza – su tutte le natiche fino a farmi pizzicare di calore la pelle in quel punto e sulla parte superiore delle cosce.

«Non devi andare incontro al pericolo senza la minima accortezza.»

Sciaff.

«Sei venuta da sola.»
Sciaff.
«Puntando un fucile che avrebbero potuto toglierti e usare su di te senza alcuno sforzo.»
Sciaff.
«Ritenevi me e Mason tanto deboli da non saperci proteggere da due uomini?»
Sciaff.
«Dove diavolo è Kane?»
Sciaff. Sciaff. Sciaff.
Io cominciai a piangere, le mani che afferravano i lunghi ciuffi d'erba estiva. Quei forti colpi mi avevano sfinita e mortificata. *Avevo* cavalcato verso un presunto pericolo senza preoccuparmi della mia sicurezza. *Avevo* puntato un fucile contro degli uomini che mi superavano in numero e che avrebbero potuto facilmente sopraffarmi. Ero stata caparbia e disperata.

«Ti avrebbero portato via!» urlai, poi tirai su col naso.

«È una piccola arpia, amico.» La voce proveniva da dietro di me. Oh, gli uomini! Mi ero dimenticata che erano lì e quasi sicuramente stavano osservando la mia punizione.

«Mi piacerebbe avere una ragazzina che mi difende a quel modo.» La voce di un altro sovrastò il rumore del palmo di Ian che mi colpiva la pelle già sensibile.

«Ti piacerebbe, ma poi dovresti sculacciarla proprio come sta facendo Ian.»

Le lacrime mi scendevano lungo le guance mentre Ian continuava, la mia umiliazione completata non solo da quegli estranei che commentavano la mia infelicità come se non si trattasse di nulla, ma dal rumore di cavalli in avvicinamento e il sapere che anche gli uomini del ranch mi avrebbero vista a quel modo.

Sentii gli altri parlare, ma non riuscivo a comprenderne le parole, calandomi in uno stato mentale in cui le sculacciate si erano fatte da dolorose ad annebbiate, per quanto ogni colpo fosse ancora carico di veemenza. Mi ero arresa. Non avevo più il controllo, ero alla mercè di Ian e della sua mano, della sua rabbia, della sua paura. Aspetta. La sua rabbia era per via della sua paura per me. La sua punizione era per assicurarsi che fossi intatta e in salute, ma anche per alleviare la tensione all'idea che avrei potuto farmi del male se fossi andata incontro a degli uomini più efferati.

«Hai finito?»

Kane.

«Sì.»

«Bene. Tocca a me.»

Le sculacciate ripresero di nuovo a pieno regime, questa volta assestate dalla mano di Kane, sebbene ne aggiunse solamente altre cinque alla conta.

Il mondo si ribaltò ed io mi accasciai sulle cosce dure di Ian con le vertigini. Sibilai al contatto. Usando una mano, mi asciugai le lacrime dalle guance e tirai su col naso. «Mi... mi dispiace,» borbottai, mentre ancora mi riprendevo.

Kane si inginocchiò accanto a me. «Mi hai fatto perdere dieci anni di vita quando Ann ci ha detto dov'eri andata.»

«Avete intenzione di sculacciarmi di nuovo?» domandai, lanciando un'occhiata ad entrambi. Loro mi stavano guardando con un misto di paura e rabbia. Kane aveva il respiro pesante e il sudore che gli imperlava la fronte.

«No,» disse Ian. «Ho intenzione di scoparti.» Percepii la durezza della verità delle sue parole sotto al sedere.

«Adesso? Qui?» C'erano i due estranei che erano arrivati con Ian, più Mason. Dal ranch c'erano Brody, Simon e Cross. Simon e suo fratello si stavano abbracciando e dando pacche affettuose sulla schiena, chiaramente felici di ritrovarsi dopo così tanti anni.

«Adesso. Qui,» ripeté Ian, spostandomi in braccio a sè così che fossi ancora seduta su di lui, ma questa volta con le ginocchia a entrambi i lati dei suoi fianchi. Kane afferrò la gonna del mio abito e me la sollevò attorno alla vita togliendola di mezzo. Abbassando una mano tra di noi, Ian si slacciò la patta dei pantaloni, il suo enorme uccello che si liberava svettando fuori. Senza avere nemmeno la possibilità di pensare a cosa stessimo per fare, lui mi sollevò dalla vita e mi abbassò direttamente sul suo cazzo, riempiendomi la figa in un'unica spinta.

«Oh!» gridai, sentendomi così piena e sorpresa da quanto fossi bagnata per lui. Volevo sollevarmi e abbassarmi su di lui, usare il suo uccello per trovare piacere, ma lui non me lo permise. Le sue mani, strette sulla mia vita, mi tennero ferma mentre lui muoveva i fianchi, spingendosi dentro di me e usandomi a suo piacimento.

«No! Gli uomini stanno guardando.» Gli premetti sulle spalle, nel disperato tentativo di alzarmi. Sentirlo dentro di me era... delizioso, ma non volevo che mi guardassero, esposti com'eravamo. «È... è una cosa privata!»

«Smettila, piccola.» La voce di Kane interruppe la mia agitazione. «Gli altri se ne sono andati.»

Stringendo con forza la camicia di Ian, io voltai la testa e vidi la schiena degli uomini in allontanamento sui loro cavalli. «Questo non è uno spettacolo teatrale. La tua punizione era giustificata dal tuo comportamento sconsiderato e loro l'hanno vista, sapendo quanto fossi mortificata e che non avresti messo la tua vita, o quella di chiunque altro, in pericolo. Ma scoparti, quello non c'è bisogno che lo vedano.»

Rilassai ogni muscolo teso, il che mi fece affondare ancora di più sul pene di Ian. Andò a premermi dritto contro l'entrata del mio utero ed io gemetti.

«Non devi venire, Emma.» Lui mi prese con forza, riempiendomi con ardore. Ansimavo ad ogni spinta. «Aprile il vestito. Voglio vederle i seni.»

Kane si mise alle mie spalle, mi passò le mani attorno e mi

strappò il corpetto, i bottoni che volavano via. Infilando le dita dentro al corsetto, mi sollevò i seni liberandoli.

«Oh, ma guardati. Adoro vederti che ti fai scopare per bene,» mi disse all'orecchio.

Urlai ad una spinta formidabile.

«Sei così bella. Riesci a sentire quanto Ian ti desidera? Quanto gli sei mancata? Quanto era disperato quando hai voluto salvarlo?»

I seni mi sobbalzavano ad ogni forte botta che davo contro le cosce di Ian. Il rumore della mia eccitazione, bagnatissima, riempiva l'aria.

«Non venire, Emma,» mi avvisò Kane.

Gettai indietro la testa, gli occhi chiusi mentre ansimavo. «Perché?» Ian mi succhiò un capezzolo in bocca, strattonandolo e indurendolo.

«Devi sapere quanto mi sia sentito agitato quando sei arrivata al galoppo sulla collina,» mi ringhiò contro il seno. La sua barba corta era morbida e pungente allo stesso tempo, il che non faceva che rendermi più sensibile. «Quanto fossi disperato. Così fuori controllo. Non è compito tuo salvarmi. Il tuo compito è restare al sicuro o mi farai impazzire.»

Le sue mani si strinsero attorno alla mia vita mentre mi attirava in basso su di sé, il suo cazzo che si gonfiava dentro di me mentre veniva, il suo seme che mi inondava il ventre.

La sua fronte sudata mi premette contro i seni mentre si riprendeva, il respiro mozzato, ma allentò leggermente la presa. Non che io avessi intenzione di muovermi. Avevo il suo uccello che mi riempiva e volevo portare a termine ciò che solo lui poteva darmi. Stringendo i muscoli attorno a lui, percepii il mio desiderio fremere, ma non era abbastanza per farmi venire. Sembrava che non sarebbe successo. Nemmeno muovere i fianchi mi offriva sollievo.

«È pronta?» chiese Ian, il respiro caldo che mi soffiava sul petto.

«Sì,» rispose Kane.

Lui sollevò la testa e mi guardò. Nella linea serrata della mascella e negli occhi chiari pesanti per via dell'orgasmo si riusciva ancora a scorgere il suo desiderio. «Il tuo deretano è pronto per me, Emma?»

Gli strinsi di nuovo l'uccello, l'idea che lui mi prendesse come avevano pianificato, in quel momento, mi riaccese l'eccitazione. Ero così disperata, così vogliosa di un orgasmo, che avere il cazzo di Ian dentro mentre rimaneva fermo era una tortura. «Sì.» Ripetei le parole di Kane.

Ian mi scostò una lunga ciocca di capelli dal viso.

«Allora è arrivato il momento.»

CAPITOLO 17

AN

Mi grattai via lo sporco e il sudore dopo le lunghe giornate a cavallo. L'acqua nella vasca era fredda, ma non aveva importanza. Le urla di piacere di Emma e le sue suppliche fendevano l'aria raggiungendomi dalla camera da letto di Kane. Dopo essermi ripreso dall'averla scopata – e dallo spavento che mi ero preso quando l'avevo vista arrivare al galoppo con un fucile sottobraccio – me l'ero gettata in grembo per la cavalcata di ritorno a casa. Non mi ero preoccupato per la sua sicurezza dal momento che non le avremmo fatto del male, ma sapere che avrebbe fatto qualcosa di tanto pericoloso se fossi stato davvero in pericolo mi aveva fatto infuriare. Non aveva la minima considerazione per la propria incolumità. Non sapeva cosa significasse per me.

Mason ci aveva attesi per prendersi cura dei cavalli mentre io e Kane ci occupavamo di nostra moglie. Una volta al piano di sopra, ci eravamo spogliati del tutto e le avevamo legato senza complimenti le mani alla testiera in ottone del letto.

Emma non aveva esitato a farci domande o a opporsi, scusandosi e protestando con veemenza. Non sarebbe più corsa via a fare di nuovo qualcosa di tanto pericoloso. Mentre io mi lavavo, Kane se la lavorava, tenendola eccitata, ma senza permetterle di venire. La sculacciata era stata la sua punizione immediata, ma torturarla di piacere era un extra che mi godevo mentre mi sfregavo il corpo.

Quando avevo incontrato MacDonald e McPherson a Bozeman, mi ero aspettato una situazione del tipo uccidi o fatti uccidere. Non esisteva che sarei tornato in Inghilterra. Non esisteva, nel caso in cui Evers fosse effettivamente venuto a cercarmi di persona, che mi avrebbe lasciato vivere per affrontare quel viaggio. Quando avevo scoperto che gli uomini di cui aveva sentito parlare Simon erano stati i miei amici, il sollievo era stato incommensurabile. Scoprire che volevano venire a vivere nel Territorio del Montana, ricominciare anche loro daccapo, mi aveva solamente reso felice. Sapevo che Simon doveva aver trovato ironico scoprire che uno degli uomini di cui mi aveva avvertito era in realtà suo fratello.

E così eravamo tornati indietro felici, fino a quando Emma non era corsa sulla collina come Budicca, tutta un turbinio di bellezza e feroce protettività. La mancanza di sicurezza personale mi aveva dimostrato che mi considerava suo tanto quanto lei era mia. Quella rivelazione mi fece sorridere come un idiota, seduto nudo nella piccola vasca con le ginocchia piegate praticamente fino alle orecchie. Non ci aveva detto di amarci, ma le sue azioni parlavano per lei. Non avrebbe cavalcato verso un potenziale pericolo se non le fosse importato. Mi sentivo in pace per la prima volta dopo... anni. Evers era ancora una minaccia, ma non potevo vivere la mia vita nel timore costante di quell'uomo. Potevo, tuttavia, vivere il resto dei miei giorni con Emma al mio fianco, tra me e Kane. Ero possessivo nei suoi confronti, forse un po' troppo, ma era ciò che provava un marito per la sua donna. Protettività, possessività e amore. Terminai il mio bagno con ulteriore fretta e tornai dalla mia famiglia.

Kane le teneva le gambe aperte, ginocchia piegate. Aveva una mano tra le sue cosce, due dita che le riempivano l'ano. Da dove me ne stavo in piedi sulla porta, ad asciugarmi, riuscivo a vedere che si stava assicurando che fosse completamente unta di lubrificante.

Emma era stupenda. Aveva gli occhi chiusi, la testa gettata all'indietro, la bocca aperta. Ciocche castane si aprivano a ventaglio sul cuscino dietro la sua testa e aveva le braccia alzate con i polsi legati. Quella posizione costringeva i suoi seni verso l'alto, i capezzoli duri e rossi come ciliegie. Forse i gemiti che avevo sentito dalla vasca erano stati per via di Kane che ci giocava. La corda era un po' allentata, ma i nodi che la legavano erano sufficienti. Era proprio dove volevamo che fosse.

Kane mi guardò, le palpebre pesanti, il desiderio palese nella rigidità del suo uccello. Ad un certo punto, anche lui si era spogliato. «È pronta.»

«Sì, ti prego. Ian, ho bisogno di venire!» implorò Emma, il respiro pesante e mozzato.

Kane si spostò per sdraiarsi accanto ad Emma, fianco contro fianco. Io mi inginocchiai sul letto, sollevai Emma e la feci girare così che si trovasse a cavalcioni sulla vita di Kane, le ginocchia a entrambi i lati del suo bacino. Con i polsi legati, non poteva muoversi. Kane infilò la testa tra le sue braccia. Mentre io allungavo una mano verso il vasetto di lubrificante, lui se la sistemò come voleva, abbassandosela con forza sul cazzo. Il mio seme dalla scopata precedente rese facile l'azione ed entrambi emisero versi di piacere.

Bagnandomi le dita, testai la sua stretta apertura rosea.

Erano passati giorni dall'ultima volta che l'avevo toccata lì, ma Kane mi aveva assicurato che fosse pronta. Mi presi un istante per giocare, facendole scorrere in circolo le dita attorno all'apertura scivolosa, spingendomi oltre lo stretto anello di muscoli. Quando le mie dita entrarono senza troppo sforzo, seppi che aveva ragione. La sensazione che mi diede, così stretta col cazzo di Kane proprio lì, separato dalle mie dita solamente da una sottile membrana, mi fece stringere i testicoli e intensificò il mio desiderio di rivendicarla.

«Oddio,» gemette Emma.

«È ora, piccola. È ora di farti nostra. Insieme.»

«Sì!» gridò lei mentre Kane impennava i fianchi dentro di lei.

Ricoprendomi l'uccello di altro lubrificante, premetti la punta larga contro la sua apertura vergine. Me l'ero presa solamente poco tempo prima, ma avevo il cazzo che pulsava, impaziente di sentire i suoi muscoli stringerglisi nuovamente attorno. Con attenzione, lentamente, mi spinsi in avanti, sapendo che il mio uccello era più grande di qualunque plug Kane avesse usato su di lei mentre ero stato via. Poteva anche essersi adattata ad accettare qualcosa che la riempisse, ma un cazzo era diverso. Più grande, più in profondità e decisamente più duro.

Accarezzandole la schiena con una mano per tranquillizzarla, le mormorai parole di incoraggiamento. *Brava ragazza. Sei nostra adesso. Ah, ho il mio cazzo dentro di te. Rilassati. Ne hai preso un altro centimetro. È una vista così bella, tu che ti prendi entrambi i nostri cazzi. Respira, piccola. Ecco. Sono tutto dentro.*

L'avevamo riempita del tutto. Dalla gola le sfuggivano piccoli lamenti mentre rimaneva perfettamente immobile. Io incrociai lo sguardo di Kane. Aveva la mascella serrata, senza dubbio stava lottando per impedirsi di spingersi dentro di lei proprio come stavo facendo io. Ci prendemmo entrambi un momento per permetterle di adattarsi, di abituarsi ad averci entrambi dentro fino a riempirla così tanto. La sua schiena era liscia come la seta contro il mio petto robusto. Kane sollevò le mani per prenderle i seni, sfregandole i pollici sui capezzoli sensibili. Con le mani legate, lei non poteva fare altro che accettare tutto ciò che le facevamo.

«Siete così grandi. Mi riempite così a fondo. Io... non so cosa fare,» piagnucolò. La sua pelle pallida era ricoperta da un velo di sudore, i capelli le si appiccicavano alla pelle umida. Si leccò le labbra, gli occhi chiusi.

«Non devi fare niente, piccola. È arrivato il momento che ci prendiamo noi cura di te,» disse Kane. Mi rivolse un breve cenno del capo e si mosse, ritraendosi fin quasi a uscire da lei per poi scivolare di nuovo dentro. Mentre lui rientrava, io mi ritrassi, così che lavorassimo l'uno nella maniera opposta all'altro, uno che la riempiva mentre l'altro si ritraeva. Mantenemmo un ritmo lento, costante e monotono. «È questo il tuo posto. Tra di noi. Sei fatta per essere riempita dai nostri cazzi. Sei nostra, piccola.»

«Nostra,» ripetei io con un ringhio.

Emma era persa, fuori di sè, abbandonata. Gridò, le lacrime che le scivolavano lungo le guance mentre spingeva i seni contro i palmi di Kane. Noi non ci fermammo, non le lasciammo riprendere fiato. «Sì!»

«Vieni, piccola. Il tuo piacere appartiene a noi. *Tu* appartieni a noi.»

Al mio comando, lei venne, urlando così forte che dovevano averla sentita fin nelle stalle. Il suo corpo si strinse e pulsò attorno al mio cazzo, il che mi spinse oltre il limite appena dopo di lei. Non potevo trattenermi con il suo ano che si contraeva così forte. Il mio seme la riempì. Kane ci seguì un attimo dopo, attirandola contro il proprio petto, lasciando che si riprendesse mentre restavamo connessi come una cosa sola.

EMMA

Dovevo essermi addormentata, perché quando mi risvegliai, ero accoccolata contro un fianco di Kane, con Ian premuto contro la schiena, il mio corpo che si sentiva vuoto senza i loro cazzi dentro. Percepivo, tuttavia, i residui dei loro orgasmi, appiccicosi e caldi a ricoprirmi la figa e le cosce. Mi avevano slegato le mani. La stanza era rischiarata dalla luce del giorno, doveva essere quasi ora di pranzo. Ci trovavamo a letto, a rilassarci durante un'impegnativa giornata estiva al ranch. Mi sembrava... decadente. Mi gustai la sensazione di avere entrambi i miei uomini a circondarmi.

Ian era a casa. Era al sicuro.

Kane mi baciò sulla fronte mentre sentivo la mano di Ian accarezzarmi la schiena.

«Non partirai più a cercare di salvarmi, Emma,» disse Ian, un attimo prima di baciarmi la colonna vertebrale.

«Siamo qui per proteggerti. Siamo in due, ma tu sei da sola,» aggiunse Kane.

«Ma voi siete insostituibili!» Non capivano che li volevo entrambi?

«Ah, ragazza,» esalò Ian. «È nostro compito proteggerti. Possederti come abbiamo appena fatto.»

«Riesco a sentire la vostra possessività che mi gocciola fuori,» risposi sarcastica.

«Mmm, sì. È una visione spettacolare.»

Io feci girare pigramente un dito tra i peli del petto di Kane. «Se è vostro compito proteggermi, il mio qual è?»

Kane si ritrasse e mi fece voltare così che mi trovai sulla schiena in mezzo a loro. Tuffò una mano tra le mie cosce e in mezzo al loro seme. Io lo guardai negli occhi scuri. Ogni traccia di rabbia, di desiderio, era svanita. Al suo posto, c'era decisamente la possessività di cui parlava. «Prendere il nostro seme. Ancora e ancora fino a quando non attecchirà e il tuo ventre non si gonfierà di nostro figlio.»

Ian si sollevò su un gomito e abbassò lo sguardo su di me. «Lo sai che questo basta a fare un bambino, ragazza? Siamo una famiglia e presto, spero molto presto, saremo una famiglia in crescita. Nulla ci separerà.»

«Nulla,» ribadì Kane.

«E gli altri?»

Kane si accigliò. «Chiedi di altri uomini mentre Ian gioca con la tua fica?»

«Devono trovarsi le loro mogli,» borbottò Ian. «Magari, Kane, non abbiamo fatto abbastanza per ricordarle a chi appartiene.»

Mi fece scivolare un dito dentro ed io sospirai. «Mi... mi ricordo.»

«Non ne sono sicuro,» controbattè Kane. «Dal momento che è tuo compito fare il bambino, di certo è compito nostro riempirti di seme così che tu possa farlo.»

«Io... non vorrei che veniste meno ai vostri doveri,» dissi, chiudendo gli occhi mentre aprivo le gambe.

Ian si mosse tra le mie cosce e mi riempì in un'unica mossa. «Non ne avrò mai abbastanza, ragazza.»

Il suo respiro mi colpiva il collo.

«Mai,» aggiunse Kane.

«Mai,» sussurrai io, mentre i miei mariti mi rivendicavano ancora una volta.

ISCRIVITI ALLA NEWSLETTER

Unisciti alla mailing list per essere informato per primo su nuove uscite, libri gratuiti, premi speciali e altri omaggi dell'autore.

http://vanessavaleauthor.com/v/db

L'AUTORE

Vanessa Vale è l'autrice bestseller di USA Today di oltre 50 libri, romanzi d'amore sexy, tra cui la famosa serie d'amore storica Bridgewater e le piccanti storie d'amore contemporanee, che vedono come protagonisti ragazzi cattivi che non si innamorano come gli altri, ma perdutamente. Quando non scrive, Vanessa assapora la follia di crescere due ragazzi e cerca di capire quanti pasti può preparare con una pentola a pressione. Pur non essendo abile nei social media come i suoi figli, ama interagire con i lettori.

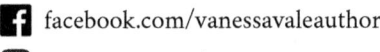 facebook.com/vanessavaleauthor

instagram.com/iamvanessavale

TUTTI I LIBRI DI VANESSA VALE IN LINGUA ITALIANA

https://vanessavaleauthor.com/book-categories/italiano/

www.ingramcontent.com/pod-product-compliance
Lightning Source LLC
LaVergne TN
LVHW012102070526
838200LV00074BA/3994